애플망고

애 플 망 고

apple Mango.

최정원 단편소설집

canon

목차

마지막 수유 시간

마지막 수유 시간

조급한 마음으로 벽시계를 힐끔 쳐다봤다. 상사인 베이비시터 지원센터 팀장이 도착할 시간까지는 아직 여유가 있었다. 곁에 누워있는 아기는 세상모르고 자고 있다.

무엇보다 다행한 것은 며칠 밤을 꼬박 새우던 일로부터 자유로워진 것이었다. 잠에 취해 비틀거리며 우는 아기를 안고 거실을 왔다가 갔다가 하지 않아도 되었다. 젖병을 치켜세워 눈금을 확인하느라 이리저리 돌려보는 일도 없었다. 누운 상태에서 손을 뻗어 머리맡에 놓인 손거울을 집어 들었다. 모처럼 잠을 푹 자서인지 눈 밑의 다크서클도 조금 엷어진 듯 보였다. 지난밤 한두 차례 분유 수유를 하는 일, 두세 번 기저귀를 갈아주고 미지근한 물로 아기 엉덩이를 닦아주는 일로 조금은 찌뿌드드했으나 상쾌한 느낌만은 의심할 여지가 없었다.

분명 여러 가지 꿈을 꾼 것 같았는데 눈을 뜨는 순간 아무 것도 떠오르질 않았다. 방 안은 온통 '햇생명 냄새'로 가득 채워져 있다. 분유 냄새, 아기용 비누 냄새, 파우더 냄새, 기저귀 냄새, 아기 몸에서 나는 달보드레한 냄새…. 그것은 아무리 머리를 굴려 봐도 '햇생명 냄새'라고 밖엔 달리 표현할 말이 떠오르질 않았다. 언 땅을 뚫고 나온 새싹이 소리 없이 탄소동화 작용을 하는 것처럼 아기는 그렇게 조용히 숨을 쉬었다. 아기가 숨을 쉴 때마다 배냇저고리 앞섶이 가늘게 달싹달싹했다.

남의 아기를 돌보면서 내 아이를 비워내는 일은 너무도 버거웠다. 세상모르고 잠이 들어있는 아기 얼굴을 유심히 들여다보았다. 불현듯 아기 얼굴 위로 겹쳐지는 한 아이 얼굴. 그 아이 울음소리가 이명처럼 들려왔다. 양손으로 귀를 틀어막았다. 곧 날카로운 팀장 목소리가 아이 울음소리를 밀치고 귓속으로 들어왔다. '내일부터 세쌍둥이네 가는 거 잊으면 안 돼요.' 오로지 수수료만 생각하는 팀장 목소리엔 날카롭게 날이 서 있는 듯했다.

팀장은 계약만료일이 끝나면 더 이상 아기를 돌볼 필요가 없다고 못을 박았다. 솔직히 아기와 씨름하다 보니 오늘이 계약만료인 사실도 잊고 있었다. 예비 세쌍둥이 할머니로부터 면접 의뢰가 들어왔을 때 팀장은 입이 귀에 걸려 있었다. 나름 대어가 걸려들었다고 생각하는 것 같았다. 세쌍둥이 할아버지가 중소기업 사장이라며 복권 당첨이라도 된 양 손뼉까지 쳤다.

무엇보다 모유 수유가 가능한 베이비시터를 구해주기만 하면 두둑한 봉투를 건네올 것이라며, '날짜도 자기 계약만료일과 딱 들어맞네.' 머릿속에서 큰 소리로 말하던 팀장 얼굴이 떠올랐을 때 나는 눈을 지그시 감아버렸다.

잠시 후, 내가 눈을 떴을 때 아기도 같이 눈을 떴다. 아기는 눈동자를 이리저리 굴리기도 하고 팔다리를 들어 한껏 버둥대기도 했다. 어느 순간 아기가 모든 동작을 멈춘 채 인형처럼 가만히 있는 것이었다. 이상하다고 생각하며 고개를 갸우뚱했을 때 아기 얼굴이 빨개졌다. 아기 몸의 모든 피가 얼굴에 몰린 것 같았다. 곧 아기가 뽕! 뽕! 뽕! 하고 방귀를 뀌었다. 아니나 다를까. 아기가 똥을 쌌다. 며칠 동안 아기는 푸르뎅뎅한 똥만 쌌다. 그런데 방금 기저귀에 묻은 똥은 흡사 삶은 계란 노른자위 같았다.

기저귀를 빼낸 후, 물티슈로 아기 엉덩이를 닦아주었다. 여자 아기와는 달리 사내아기는 엉덩이를 닦아줄 때 세균이나 이물질이 자궁으로 들어갈 염려를 하지 않아도 되었다. 아기에게 기저귀를 채울까 하고 생각하다가 그만두었다. 어차피 물로 씻겨야 했기 때문이었다.

작은 욕조에다 목욕물을 받았다. 온도계를 욕조에 넣는 순간, 빨간 수은주가 정확하게 38도를 가리켰다. 쪼그리고 앉아서 한 손으로 아기 머리와 엉덩이를 떠받치고 또 다른 한 손으로 머리부터 감겼다. 그런 다음 엉덩이를 천천히 들었다가 놓았다가 하다 조금씩 아기 몸을 물속으로 밀어 넣었다.

잠시라도 긴장을 늦추면 아기를 물속에 빠뜨릴 수도 있겠구나! 하고 생각했을 때 물이 아기 가슴과 겨드랑이에서 찰랑거렸다. 파란색 욕조 위로 희뿌연 수증기가 물안개처럼 피어 올랐다. 희뿌연 물안개 속으로 놀란 듯 버둥대는 고사리 같은 아기 손이 보였다. 얼른 그 손을 잡아주었다. 그러자 아기 손이 투박한 내 검지를 꼭 쥐었다.

내 아이 역시 엉덩이를 따듯한 물에 넣었을 때 이 아이와 똑같이 놀란 듯 손을 버둥거렸다. 그러면 얼른 아이의 손을 잡아주곤 했다. 손바닥으로 아기 몸을 살살 문질렀다. 목과 겨드랑이에서 고운 때가 나왔다. 무심코 내 손이 아기 사타구니에 닿는 순간, 손끝에 전해지는 뭉근한 이물감. 그것은 작고 가녀린 불알이었다. '익숙해질 때도 되었건….' 나는 혼잣말로 중얼거렸다. 귀한 유리그릇을 다루듯 조심스럽게 아기 불알을 씻기는데 어느 순간 새알심 같은 고환이 만져졌다. 내게 있어 사내아기 생식기는 너무도 생경했다. 아기 고추는 장난감 같았다. 어느 순간 장난감 같은 작은 고추가 탱글탱글해지더니 곧 오줌이 뿜어져 나왔다. 가느다란 오줌 줄기는 정확하게 내 콧잔등에 명중됐다. 그렇더라도 나는 아기 고추에서 오줌이 다 나올 때까지 가만히 기다려 주었다.

목욕을 끝낸 순간 아기 몸은 잘 익은 복숭아처럼 볼그스름했다. 아기 몸에 보습제를 발라주고 나서 배냇저고리를 입혔다. 아마도 지금쯤 팀장은 또 다른 베이비시터에게 연락을 취하고 있을 것이었다. 세쌍둥이를 돌보려면 베이비시터 두 사람이 필요하다고 팀장이 말했던 것 같았다.

나는 뇌리에 떠오르는 생각을 지우려고 애쓰며 미리 준비해 둔 젖병을 아기 입에 물렸다. 기다렸다는 듯이 아기가 허겁

지겁 빨기 시작했다. 사내아기라 그런지 젖병을 빨고 있는 입이 무척 커 보였다. 내 아이에 비하면 배는 더 커 보였다.

병원에서 하라는 대로 젖을 끊고 분유 수유를 시작했을 때만 해도 아기는 한사코 젖병을 거부했다. 진짜 젖꼭지(내 젖꼭지)를 기억하고 있던 아기는 번번이 가짜 젖꼭지(고무젖꼭지)를 밀어냈다. 안아도 보고 노리개 젖꼭지를 물려도 보았으나 소용없었다.

한번은 울다 지친 아기가 얼핏 잠이 든 듯 보이기에 혹 잠결에 빨지도 모른다는 생각에 물려보았다. 하지만 작심한 듯 아기는 혀를 이용해 가짜 젖꼭지를 밀어내었다. 그렇다고 쉽게 물러설 나도 아니었다. 아기 곁에 착 달라붙어 앉아서 끈질기게 물리려고 했다. 하지만 아기는 자신이 그렇게 쉽게 속아줄 줄 알았느냐는 듯 한껏 몸을 비틀며 강렬하게 저항했다. 비록 아기는 자기 의사를 언어로 표현하지는 못해도 자신이 원하는 건 가짜 젖꼭지가 아닌 진짜 젖꼭지라는 사실을 온몸으로 보여준 것이었다.

젖병을 다 비운 아기 배는 한껏 바람을 불어넣은 고무풍선과도 같았다. 트림을 시켜주려고 손바닥으로 아기 등을 부드럽게 쓸어내리고 있을 때 귓가에서 뜬금없이 전임자의 목소리가 들려오는 듯했다.

"시간을 정확히 지켜주셨네요. 그쪽은 젖 수유가 가능하니 수입도 꽤 짭짤하겠네요. 호호호."

베이비시터 지원센터 팀장이 건네준 메모지를 들고 내가 처음 이 집에 찾아왔을 때 현관문을 열어주며 전임자가 한 말이었다.

현관 열쇠를 건네받으며 내가 물었다.

“특별히 신경 쓸 부분이 있으면 말씀해 주시죠.”

“아니요. 밥해 먹을 시간이 없다는 것 외에는. 참, 아기엄마에 대해서는 알고 왔겠죠?”

대답 대신 나는 고개만 끄덕여 보였다.

“아기는 방금 잠이 들었어요. 그럼, 수고….”

그때 현관문이 닫히면서 문 위쪽에 매달려있던 작은 종이 흔들렸다. 그 종소리가 전임자의 목소리를 삼켜버렸다. 나는 쟁그랑하는 종소리를 데리고 집 안으로 들어왔다. 제일 먼저 아기부터 봐야겠다고 생각했다. 때마침 베란다 통유리 밖으로 보이는 긴 사다리를 발견하고 의아해한 나머지 먼저 그쪽부터 가 보았다.

좁은 베란다에는 비닐도 벗기지 않은 유모차가 세워져 있었다. 손으로 유모차를 살짝 옆으로 밀고는 통유리 밖을 내다보았다. 이삿짐 차와 사다리차가 길을 막고 있어서 자주색 배낭을 어깨에 멘 전임자가 주차장을 빙 돌아나가는 모습이 눈에 들어왔다. 잠시 후, 사다리차가 빠져나가자 세로로 기다랗게 구멍이 나 있는 벽면을 등지고 서 있는 은행나무가 눈에 들어왔다. 바람이 불지 않는데도 노랗게 물이 들어있는 은행잎들이 아기 손처럼 꼬물거리고 있었다. 순간 무엇에 쫓기는 사람처럼 재빨리 몸을 돌려 집 안으로 들어와 버렸다.

네 평 남짓한 거실은 한바탕 난리를 치른 듯 어수선했다. 텔레비전은 저 혼자 떠들고 있었다. 텔레비전을 끄려고 리모컨을 찾는 데도 한참 걸렸다. 기저귀 바구니에 들어있는 리모컨을 집어 들고 텔레비전부터 껐다.

삼 인용 베이지색 천 소파와 티브이 한 대가 놓인 거실에는 포대기며 기저귀가 허물처럼 널려 있고 흩어진 젖병들이며 물티슈, 거즈 손수건, 보습제 등이 자리를 못 잡고 있어서 발 디딜 틈도 없어 보였다. 게다가 삐죽이 나와 있어 거실과 주방 사이 동선을 방해하고 있는 식탁 의자들까지.

무릎을 구부려 의자 다리를 순서대로 식탁 밑으로 밀어 넣었다. '아유! 끔찍하게도 어질러 놓았군.' 혼잣말로 중얼거리다가 무심코 고개를 옆으로 돌렸을 때 반쯤 열려있는 방문이 눈에 들어왔다. 그쪽으로 걸어가서 살며시 문을 열어보았다. 방 안에는 코끼리만 한 이 인용 침대가 엎드려 있었고 침대 위에 누워있는 아기는 코끼리 등에 올려놓은 인형처럼 보였다. 발소리를 죽이며 다가가 보았다. 전임자의 말대로 아기는 곤히 잠이 들어있었다.

자궁 속에서 빠져나온 지 보름밖에 안 된 아기 얼굴은 주름이 많은 노인처럼 쪼글쪼글했다. 아기 발 하나가 포대기 밖으로 삐죽이 나와 있는 게 보였다. 포대기 자락을 살며시 끌어다 발을 덮어주었다. 순간 내 아이의 발을 덮어주고 있다고 나는 생각했다. 그런데 발가락 어디에도 깨알만 한 까만 점이 보이질 않았다.

침대 모서리에 놓인 작은 탁자에는 엽산 병과 비타민 병, 주기적으로 산부인과에 다녀온 날을 손 글씨로 또박또박 적어놓은 산모 수첩과 '엄마와 아기 모두 행복한 모유 수유'란 제목의 책이 어지럽게 널려 있었다. 그것들을 가지런히 놓아두고 조용히 방을 나왔다.

주방 역시 어수선했다. 식탁 의자에 아무렇게나 걸쳐져 있는 앞치마부터 허리에 둘렀다. 도무지 어디서부터 손을 대야 할지 아득했나. 아무래도 싱크대부터 정리해야 할 것 같았다. 라면 가닥이 말라붙어있는 냄비며 미처 씻지 않은 그릇들과 머그컵이 개수대에 쌓여있었다. 씻은 그릇은 마른 행주로 물기를 닦아 선반에 차곡차곡 쌓았다. 삶은 젖병과 고무젖꼭지는 모두 찬장에 가지런히 넣어두었다. 당분간은 젖병 쓸 일이 없을 것이기 때문이다.

이제 거실 청소가 기다리고 있었다. 진공청소기가 돌아가는 소음에도 아기는 곤히 자고 있었다. 신생아들은 진공청소기 소리에 민감하게 반응하지 않을 뿐만 아니라 오히려 안정감을 되찾게 된다고 하는 사실을 처음 안 것은 베이비시터 교육장에서였다. '진공청소기 소리가 자궁 속 소음과 닮아있기 때문이라고. 이건 베이비시터만이 아는 비밀인데 인터넷 발달로 세상 모든 엄마가 다 써먹고 있으니 세상 엄마들을 일일이 찾아가서 따질 수도 없고.'라고 말한 뒤 큰 소리로 웃던 머리가 희끗희끗하던 여강사의 얼굴이 떠올랐다. 내 아이 역시 울다가도 진공청소기 소리만 나면 울음을 뚝 그치곤 했던 것 같았다고 나는 생각했다.

다행히 욕실은 깨끗한 편이어서 생각보다 청소는 빨리 끝이 났다. 그때까지 아기는 곤히 자고 있었다. 덕분에 청소를 차질 없이 진행할 수 있게 되었다. 만약 아기가 울기라도 했더라면 고무장갑을 낀 채 앞치마 끈도 풀지 못하고서 달려가야 했을 것이다.

갑자기 전류가 흐르듯 가슴에서 찌르르한 통증이 느껴졌다. 아기에게 젖을 물릴까 생각했을 때 소파 옆 커튼 자락에 반쯤 가려져 있던 꽃바구니가 눈에 들어왔다. 먼저 그쪽으로 가보았다. 파란색 리본엔 검정 붓글씨로 '아기 탄생을 축하합니다.'란 글귀가 쓰여 있었다. 붉은 장미꽃은 이미 잎과 줄기가 새들새들 해져있었다. 시든 꽃바구니를 통째 종량제봉투에 쑤셔 넣고 있을 때였다.

아기 우는 소리가 들려왔다. 분유 수유와는 달리 젖 수유는 간단했다. 겉옷만 올리면 되었다. 아기가 물기에는 내 젖꼭지가 조금 큰 편이었다. 몇 차례 시도 끝에 겨우 아기가 젖꼭지를 물었다. 어린 것이 힘이 드는지 빨다 몇 차례나 쉬곤 했다. 한참 후, 아기는 물고 있던 젖꼭지를 혀로 밀어낸 뒤 눈을 스르르 감더니 또다시 잠이 들었다.

음식물쓰레기와 종량제봉투를 양손에 들고 층계를 내려갔다. 때마침 계단을 올라오고 있던 한 남자와 어깨를 조금 세게 부딪쳤다. 그 충격으로 아슬아슬하게 버티고 있던 마른 장미꽃 한 송이는 목이 부러졌고, 그것은 남자 구두 밑창에 눌려 짓뭉개졌다. 남자는 오히려 불만에 가득 찬 듯한 눈길로 나와 짓뭉개진 꽃을 번갈아 힐끗거렸다. 순간 '지금 대체 누구한테 째려보는 거야.'라는 생각밖에 들지 않았다. 결국 계단에 쪼그리고 앉아서 짓뭉개진 꽃을 쓰레기봉투에 담을 수밖에. 입주 첫날은 그렇게 하루가 지나갔다.

갑자기 허기가 몰려왔다. 빵을 꺼내려고 냉장고 문을 연 순간 얼음처럼 날카로운 팀장 목소리가 냉기를 타고 밖으로 나왔다. '퇴근길에 세쌍둥이네 데려다줄 테니 준비하고 기다려요.' 나도 모르게 머리를 좌우로 흔들었다.

전자레인지에 넣고 십 초간 돌렸더니 빵이 먹기 좋게 말랑말랑해졌다. 한 손에는 빵을 또 다른 손에는 커피를 든 채 식탁 앞에 가서 앉았다. 따끈한 커피 한 모금으로 목을 축이며 주위를 두리번거렸다. 왼쪽 벽면에 붙어있는 알록달록한 포스트잇이 눈길을 붙잡았다. 벽면에 이런 게 붙어있었던가. 그동안 정신없이 지내느라 미처 발견하지 못한 모양이었다. 궁금증이 생긴 나머지 의자를 벽면으로 바짝 당겨 앉았다. 연두색 포스트잇에는 산후조리원의 위치와 연락처, 제공되는 서비스 품목을 비롯해 노란색 포스트잇에는 지불해야 할 금액 등이 반듯반듯한 글씨체로 빼곡히 채워져 있었다.

손으로 빵을 싼 포장지를 벗기려고 하는 순간 포장지에 촘촘하게 박혀 있는 노란색 나비 문양들이 애벌레 떼처럼 꼬물거리는 듯했다. '그냥 빵을 싼 포장지일 뿐이야.'라고 중얼거리며 애써 마음을 다독였다.

언제부턴가 노란색만 보면 불안감이 밀려왔다. 노란색 때문에 불안감을 느낀 건지 불안감을 느낄 때마다 우연히 노란색이 눈앞에 나타나게 됐는지 정확히 알 수 없다. 문제는 노란색만 보면 내 안에서 알 수 없는 불안감이 뱀 혓바닥같이 날름거리며 슬며시 일어난다는 것이다. 어느 땐 현관문을 열고 막 들어서는 순간 눈앞에 노랑나비의 날갯짓이 보였고 귀에서도 아이의 울음소리가 들려와 미처 신발도 벗지 못하고 뛰어 들어갔으나 집안에는 아무것도 없었다. 내 아이가 죽은 뒤로 생긴 증상이었다.

그 무렵 잠을 이루지 못한 탓에 나는 한동안 눈이 토끼 눈인 양 빨갛게 충혈돼 있었다. 몽롱한 상태에서 며칠을 보내다가 결국 병원엘 찾아갔다. 산후우울증으로 보인다며 의사가 약을 처방해 주었으나 나는 그 약을 먹지 않았다. 왠지 그 약을 삼키는 순간 타원형의 노란색 알약이 나 자신을 송두리째 삼켜버릴 것만 같았기 때문이었다.

마지막 남은 빵 한 조각을 입안에 밀어 넣었을 때였다. 밥해 먹을 시간이 없다고 하던 전임자의 목소리가 뇌리를 스치고 지나갔다. 빵 두 조각과 커피 한잔으로 아침 겸 점심을 때운 셈이었다.

초조한 마음으로 또 한 차례 벽시계를 쳐다봤다. 팀장이 도착하기 전까지 다른 것은 몰라도 아기용품만은 빠짐없이 정리해 둬야겠다고 나는 생각했다. 보온병엔 뜨거운 물을 유리병엔 식힌 물을 채우고 나서 각각 뚜껑을 돌려 닫았다. 그러곤 아기 옷과 기저귀를 손으로 주물러 빨았다. 배냇저고리와 기저귀는 탈탈 털어서 베란다에 놓인 행거에 널었다. 손수건과 턱받이 그리고 손 싸개 등은 일일이 집게를 집어 고정시켰다.

사내아기라서 그런지 아기용품은 파란색 일색이었다. 포대기도, 턱받이도, 양말도, 손 싸개도. 심지어는 유모차까지도. 내 아이 용품은 무슨 색이었더라. 갑자기 앞집 할머니의 목소리가 내 머릿속 생각의 틈새를 비집고 들어왔다.

"아기 얼굴에 온통 노랑꽃이 피었구먼. 쯔쯔쯔."

며칠 전 아기를 안고 잠깐 밖으로 나갔다가 우연히 앞집에 산다는 머리가 하얗고 인상이 선해 보이는 할머니와 만났다. 아기를 처음 대면했을 때 속으로 얼굴빛이 칙칙하다는 느낌은 들었지만 본 피부색이 그렇겠거니 하고 지나쳐버렸다. 그런데 앞집 할머니가 하는 말을 듣는 순간 가슴이 철렁했다. 자세히 보니 아기는 얼굴만 노란 게 아니었다. 눈동자도, 배도, 심지어는 발바닥까지도 샛노랬다. 황달? 내 입 밖으로 튀어나온 이 음절은 내 귀에도 충격적으로 다가왔다.

나는 베이비시터 교육 과정 때 꼼꼼히 적어놓았던 노트를 펼쳤다. '종종 신생아에게서 생리적인 황달이 나타날 수는 있으나 병적인 황달이 아닌 이상 예민하게 받아들일 필요는 없다.'라고 적어놓은 문장을 읽고 또 읽었다. 그렇더라도 이 경우는 아닌 것 같아서 이 사실을 문자로 아기 아빠에게 알리고 나서 연락이 오기만을 기다렸다. 잠시 후, 아기 아빠가 답신을 보내왔다.

'곧 갈 테니 병원 갈 준비하시고 기다려 주세요.'

아기 아빠는 입주 첫날 잠깐 본 게 전부였다. 얼굴이 푸석해 보여서 그렇지 눈매도 서글서글하고 인상이 참 선해 보였다. 그날 아기 아빠는 아기를 품에 안고 자신의 이마를 아기 볼에 살며시 갖다 대며 눈시울이 붉어지곤 했다. 품에 안고 있던 아기를 내게 건네주며 조금 떨리는 듯한 목소리로 아기 아빠가 말했다.

"우리 아길 잘 부탁드립니다."

그날 아기 아빠는 슬로우비디오 화면 속에 나오는 배우처럼 한없이 느린 동작으로 현관 쪽을 향해 걸어 나가다 몇 번이나 돌아보곤 했다.

곧 온다던 아기 아빠는 두 시간이 지나도 오질 않았다. 초조한 마음에 한 차례 더 문자를 보냈으나 어찌 된 일인지 답신이 없었다. 이럴 줄 알았더라면 아기 엄마가 입원해 있는 병원 위치라도 알아둘걸. 이런 일이 생길 거라곤 상상도 못 했다. 도무지 일이 손에 잡히질 않았다. 아기 아빠로부터 전화가 걸려 왔을 땐 오후 다섯 시경이었다. 전화 내용은 황당했다. 갑자기 급한 일이 생겼다며, 나 혼자서 아기를 데리고 병원에 다녀오라는 것이었다.

'아무리 그래도 그렇지. 아픈 아기를 나한테만 떠맡기는 게 말이나 돼!' 나는 짜증을 내며 휴대폰을 소파에 휙 던졌다. 소파 구석에 떨어진 휴대폰이 저 혼자 부르르 떨었다. 그 전화를 마지막으로 아기 아빠 소식은 뚝 끊겼다.

동네 소아과에 들렀다가 택시를 타고 H 대학 부속병원에 도착했을 땐 응급실 유리문에는 푸르스름한 이내 입자들이 스멀거리고 있었다. 아기를 받아 안은 간호사를 따라 검사실로 들어갔다. 검사실에 설치된 대형 의료기 모터 소리가 내 심장 박동을 한껏 끌어올렸다. 의사와 간호사 둘이 붙어서 주삿바늘로 아기 발바닥을 찔러 피를 짜냈다. 순간 아기 울음소리가 자지러졌다. 숨을 죽이고 그 광경을 지켜보고 있던 나는 나도 모르게 검사실에서 뛰쳐나와 버렸다. 발걸음을 옮겨놓을 때마다 아기 비명이 날카로운 무엇으로 고막을 후벼 파는 것 같았다.

양손을 한데 모은 채 복도를 왔다가 갔다가 했을 때 수족관이 눈에 들어왔다. 직사각형 수족관에는 손가락 두 마디만 한 크기의 알록달록한 물고기들이 한데 어울려 헤엄치며 놀았다. 녀석들은 서로 주둥이를 맞대고 입을 맞추다가 다시 수초 속으로 몸을 숨기기도 했다. 또 다른 녀석들은 숨은 녀석을 쫓느라 떼를 지어 수초 속을 헤집고 다니기도 했다. 갑자기 물고기 같이 입을 뻐끔거리며 젖을 빨던 죽은 아이 모습이 수족관 뚜껑에 매달린 희미한 형광등 불빛 아래에 걸려 있는 것이었다. 순간 나도 모르게 두리번거리며 주위를 살폈다. 다행히 복도에는 지나가는 사람이 하나도 없었다. 왼손으로 수족관 뚜껑을 살짝 밀고 오른손을 뻗어 수족관 깊숙이 밀어 넣었다. 어느 순간 손안에서 꼼지락거림이 묻어났다.

황급히 화장실로 뛰어갔다. 양변기 속에 처박힌 물고기는 등판이 노랬다. 물고기는 소금을 뿌려놓은 미꾸라지처럼 파닥거렸다. 물통에 부착된 손잡이를 누르자 노란 파닥거림은 순식간에 거센 물살에 빨려 들어갔다. 그 광경을 지켜보는 순간 내 입에서 이런 말이 튀어나왔다.

"지금 양변기 속으로 빨려 들어간 건 등판이 노란 물고기가 아니라 아기 얼굴에 피어난 노랑꽃일 뿐이야."

눈먼 물고기인 양 벽을 잡고 천천히 화장실 문을 열고 복도로 나왔을 땐 이미 전광판에는 아기 이름이 나타나 있었다. 내가 검사실 문을 열고 들어갔을 때 의사가 말했다.

"신생아는 혈중 빌리루빈 수치가 기준치보다 높은 탓에 황달 증세를 보일 수 있는데 대개는 젖을 끊고 이삼일 분유 수유만 해도 황달 수치는 현저하게 떨어질 수가 있어요. 간혹 변수가 있긴 합니다만… 아마 괜찮을 겁니다."

아기를 안고 병원 밖으로 나왔을 땐 이미 거리에는 가로등이 켜져 있었다. 택시에서 내린 뒤 계단을 올랐다. 계단은 어둡고 가팔랐다. 한 칸씩 오를 때마다 발걸음이 무겁게 느껴졌다. 종일 아무것도 먹지 않아서인지 약간 어지러운 것도 같았다. 아기를 안은 상태에서 자칫 넘어지면 큰일이었다. 나는 발뒤꿈치에 힘을 실으며 하나, 둘, 셋… 계단 수를 세면서 올라갔다. 예순여섯 개를 셀 때까지 별생각이 다 들었다. 아기 아빠는 왜 연락이 없는 걸까. 혹 아기엄마에게 무슨 일이라도 생긴 것이 아닐까.

만약 계약 만료 일까지 연락이 오지 않으면…. 그때였다. 누군가 층계를 밟고 올라오는 소리가 그 생각을 잘라 버렸다. 다행히 4층 계단에 불이 환하게 비춰있어서 5층까지 무사히 오를 수 있었다.

기저귀 가방을 바닥에 내려놓고 열쇠로 문을 땄다. 발바닥 통증 탓인지 아기는 심하게 보챘다. 병원 밖을 나오면서부터 오줌이 마려운 것을 억지로 참았더니 방광이 터질 것만 같았다. 보채는 아기를 거실 바닥에 내려놓고 황급히 화장실로 향했다. 오줌을 누고 있을 때 갑자기 집안이 조용해진 느낌이었다. 바지도 제대로 올리지 못한 상태로 달려갔을 땐 아기 얼굴이 파랗게 보였다. 가슴이 미어졌다. 이 모든 것은 황달의 저주였다. 황달은 저주인 동시에 독이었다. 솔직히 진심으로 아기를 지켜주고 싶었다. 노리끼리한 아기 얼굴을 바라보며 제법 큰 소리로 내가 말했다.

"아가야, 조금만 더 힘을 내렴. 내 반드시 황달을 낫게 해줄게."

그때부터 모든 일을 뒤로 한 채 오로지 아기 돌보는 일에만 매달리기 시작했다. 젖 수유에 비하면 분유 수유는 의외로 복잡했다. 젖병과 고무젖꼭지를 소독하는 것은 물론이고 분유 탈 물도 일일이 끓여야만 했다.

소독한 가짜 젖꼭지에 불순물이 묻지 않았는지 두세 번 확인하고 나서야 아기에게 물렸다. 하지만 한동안 진짜 젖꼭지에 익숙해져 있던 아기는 한사코 가짜 젖꼭지를 밀어내었다. 끈질기게 젖병을 물리려 하자 아기는 있는 힘을 다해 몸을 뻗대며 큰 소리로 울기 시작했다. 아기와의 실랑이는 새벽까지 이어졌다. 날이 희붐하게 밝아왔을 무렵 마침내 가짜 젖꼭지가 아기 입속으로 쏙 들어갔다. 그런데 이상한 일이었다. 아기 입 언저리로 뽀얀 액체가 흘러내렸다. 처음엔 제대로 물리지 못한 탓이라고 생각했다. 그래서 손으로 윗입술을 살짝 들어 올리고 나서 다시 물렸다. 잠시 후, 아기 입술에서 가로로 번지던 희뿌연 액체가 턱을 타고 흘러내렸다. 자세히 보니 아기가 고의로 혓바닥을 이용해 가짜 젖꼭지를 밀어냈던 것이었다.

아기가 젖병을 거부한 지 이틀째. 자칫 심각한 탈수를 불러올 수도 있겠다는 생각에 나는 속이 탔다. 조금씩 간격을 두고 젖병을 아기 입으로 가져가 보았다. 그러나 아기는 완강했다.

시간이 지날수록 아기는 손발의 움직임도 느려지고 입술마저 하얗게 부풀어 올랐다. 문득 베이비시터 교육장에서 들었던 말이 떠올랐다. '아무리 고집이 센 아기라도 48시간만 굶으면 빨게 돼 있다고.' 젖내를 기억하고 있던 아기는 연신 혀로 내 가슴을 더듬으며 서럽게 울어댔다. 우는 아기를 유모차에 태웠다.

불현듯 내 아이는 유모차도 한번 타 보지 못했다는 생각이 들었다. 복지사가 중고 유모차를 갖다주었을 땐 이미 아이는 인공호흡기를 달고 있었기 때문이었다.

아기는 유모차 안에서도 여전히 악을 쓰며 울어댔다. 보온병의 물을 채운 젖병에 분유 세 숟가락을 넣고 뚜껑을 돌려 닫았다. 양 손바닥에 젖병을 끼우고 나서 몇 차례 빙글빙글 돌렸다. 하얀 액체가 만들어내는 거품 알갱이는 내 손이 움직이는 방향에 따라 미세하게 뽀글거렸다. 젖병을 치켜세워 싱크대 찬장에 달아놓은 형광등에 비췄다. 그러잖아도 불빛이 흐린데다가 안전기까지 고장이 나 있어서 눈금이 흐릿하게 보였다. 몸을 돌려 식탁 등에 다시 비춰봤다. 뽀얀 액체가 100ml를 가리키는 눈금에서 찰랑거렸다. 젖병을 들고 또다시 아기 곁으로 다가갔다. 죽을죄라도 지은 사람처럼 무릎을 꿇어 애원하듯 내가 말했다.

"아가야. 제발 한 모금만이라도 삼키렴."

간절히 원하면 이루어진다고 했던가. 애타는 내 마음을 알기라도 한 듯 아기가 입을 벌리더니 가짜 젖꼭지를 덥석 물었다. 고맙고 반가운 마음에 눈물이 핑 돌았다. 아기가 젖병을 빨면서 땀을 흘렸다. 그냥 흘리는 게 아니라 뻘뻘 흘렸다. 하얀 손수건으로 아기 얼굴과 목에서 번들거리는 땀을 닦아주었다. 어느새 아기는 분유 100ml를 다 빨았다. 그 모습을 보는 순간, 막혔던 가슴이 뻥 뚫리는 느낌이었다.

그런 느낌도 잠시뿐. 갑자기 내 아이는 단 한 차례도 100ml를 빨아보지 못했다는 생각이 들었다. 은근히 내 안에서 질투심 비슷한 감정이 꿈틀거렸다. 아픈 아기에게 질투심을 느끼다니. 나한테도 이런 면이 있었나 싶었다.

아기가 분유를 먹기 시작하면서부터 내 가슴은 퉁퉁 불어 있었다. 하루에도 몇 차례씩 유축기로 젖을 짜내야 했다. 고개를 숙인 자세로 유축기로 젖을 짤 때면, 모든 기운이 유축기 속으로 빨려 들어가는 느낌이 들었다. 밤이 깊어갈 무렵에는 목까지 뻣뻣해 왔다. 몇 차례 목을 빙빙 돌리자 목에서 우두둑 소리가 났다. 잠시 후, 으슬으슬 춥기 시작하더니 온몸이 부서지는 것 같이 아파왔다. 아니나 다를까. 젖몸살이 났다. 젖몸살을 앓을 때 아기에게 젖을 물리면 한결 증상이 가벼워진다는 사실을 경험으로 알고 있던 터라 '딱 한 번만 젖을 물릴까? 그러면 한결 증세가 가벼워질 텐데.'하고 생각했다.

어떻게 하면 자신이 편해질까만 생각하는 것은 정말 아픈 아기에게 벌받을 짓인지도 몰랐다. 문득 '이중인격'이란 단어가 뇌리를 스치고 지나갔다.

아기 옷장 정리를 끝낸 뒤 벽시계를 힐긋 쳐다봤다. 팀장이 도착하기 전에 젖병 소독까지 끝내려면 시간이 빠듯할 것 같았다. 양손에 빈 젖병 하나씩을 든 채 급히 주방으로 향했다.

희뿌연 플라스틱 젖병 속에 녹색 스펀지 브러시를 넣고 빙빙 돌리고 나서 수도꼭지를 돌려 틀었다. 젖병 여섯 개와 고무젖꼭지 세 개를 넣어둔 스테인리스 냄비를 가스레인지에 올리고 불을 켰다.

거실 구석에 세워둔 겨자색 트렁크를 열었다. 바닥에 쪼그리고 앉아서 흩어진 옷가지와 틈틈이 꺼내 보던 노트 등을 주섬주섬 트렁크에 담기 시작했다. 치약과 칫솔, 손소독제와 잠자리 모양의 갈색 머리핀 등을 비상용으로 갖고 있던 비닐로 된 지퍼백에 집어넣고 있을 때 휴대폰 벨소리가 울렸다. 틀림없이 아기 아빠일 거라고 믿었다. 그런데 휴대폰에서 흘러나오는 목소리는 아기 아빠가 아니었다.

"십분 안에 도착할 것 같아요."

그렇게 말하는 팀장 목소리는 어느 때보다도 경쾌하게 들려왔다. 그러나 내 가슴에는 돌 하나를 올려놓은 양 한없이 무겁기만 했다.

어느 날 갑자기 그는 내 곁을 떠나갔다. 둘 사이에 기다리던 아이는 찾아오지 않았고 황달이란 병이 그와 나 사이에 먼저 들어와 있었던 것이었다. 그는 치료를 거부했다. "어차피 살아내지 못할 바엔 억지로 연명할 필요 없어. 이 세상에 태어난 모든 생명은 각자에게 주어진 시간이 지나면 다 떠나가기 마련인걸."

그것이 그가 남긴 마지막 말이었다.

살고 싶은 생각이 손톱만큼도 없었다. 무작정 슬프고 억울

하고 화가 나서 견딜 수 없었다. 그럴 때면 혼자 우두커니 앉아 평소 입에 대지도 않던 소주를 약 먹듯 삼키곤 했다. 나중에는 소주든 맥주든 막걸리든 닥치는 대로 마셔댔다. 방 안에는 빈 술병들로 가득 쌓여 갔다.

얼마 후, 임신 사실을 알게 되었다. 내 나이 마흔둘. 아이를 기다려온 지 팔 년 만이었다. 그토록 기다렸던 아이건만. 내 입에서는 어이없다는 말만 튀어나왔다. 정말 어이없다는 말이 딱 들어맞았다. 나는 한동안 그 말을 입에 달고 살았다. 라면을 끓일 때, 파를 썰 때, 길을 걸을 때면 '어이없어!'라는 말이 입에서 저절로 나왔다.

결국 아이를 낙태할 요량으로 병원엘 찾아갔다. 수술대에 세 차례나 올라갔으나 번번이 허탕 치고 말았다. 참 이상한 일이었다. 아랫도리를 벗고 수술대에 올라가기만 하면 나보다 더 다급한 환자가 들이닥쳤고 그때마다 수술대에서 내려와야 했다. 내가 낙태를 결심한 건 혼자서 아이를 키울 자신이 없어서가 아니었다. 임신한 사실도 모른 채 무지막지하게 술을 마셔댔기 때문이었다.

서서히 배가 불러왔고 죽을 만큼 아팠다. 살려달라고 소리쳤을 때 아랫도리에서 아이가 밀고 나왔다. 그러나 황달은 겨우 두 달 된 내 아이마저 빼앗아 가고 말았다.

한 줌도 안 되는 뼛가루를 강물에 뿌렸다. 강물은 아이의 뼛가루를 품고 야멸차게 흘러갔다. 나는 오한을 심하게 느끼는 사람처럼 덜덜 떨리는 손으로 젖을 짜 아이의 뼛가루가 떠내려가는 방향을 따라 흘려보냈다. 그러자 뽀얀 젖이 때마침 불어오는 바람을 타고 빠르게 어딘가를 향해 흘러갔다.

아이 뼛가루를 싣고 흘러가는 강물 위로 부는 바람이 윙윙 소리를 냈다. 그 소리는 강물이 우는 소리 같기도 하고 아이의 울음소리같이 들리기도 했다.

남이 겪은 일처럼 동떨어진 며칠이 지나갔다. 아이는 떠나고 없는데 눈치 없는 젖은 계속 돌았다. 악몽과 젖몸살로 밤새 시달리다가 잠에서 깨어났을 때 아직도 창밖은 어둠으로 채워져 있었다. 퍼뜩 눈을 뜨고서도 옆에 아이가 없다는 생각을 채 못하다가 '아 그랬었지.' 하고 아이의 부재를 인식했다.

불은 젖이 겉옷 위로 흥건히 배어 나왔다. 유축기를 퉁퉁 불어 있는 가슴에 갖다 대자 뽀얀 젖이 아이를 향한 그리움처럼 뿜어져 나왔다.

언젠가 인공호흡기를 꽂고 누워있는 아이를 지켜보다 잠깐 눈을 붙인 적이 있었다. 눈을 떴을 때 간이침대가 흥건하게 젖어 있었다. 밤새 젖이 흘러내렸던 것이었다. 그때만 해도 아이가 그렇게 쉽게 죽을 거라고는 상상도 못 했다. 손과 발의 움직임이 서서히 느려지고 있는 아이 모습을 지켜보고 있으면서도 휴지를 둘둘 말아 가슴에 대고는 잠깐씩 눈을 붙였다. 간호사가 다가와서 깜빡 잠이 들어있던 나를 흔들어 깨웠을 땐 이미 아이의 몸은 축 늘어진 상태였다.

병원을 다녀온 이후에도 하루에도 몇 차례씩 전화도 하고 문자도 보냈으나 어찌된 일인지 아기 아빠한테서는 여전히 소식이 없었다. 불현듯 아픈 아기에게 달려오지 못하는 아기 아빠 마음이 얼마나 괴로울까, 그 생각을 하다 천천히 창가로 걸어갔을 땐 이미 해가 서쪽으로 기운 상태였다. 언제 날아와 앉아있었던지 까치 한 마리가 은행나무 가지에서 하늘로 날아올랐다. 그 충격에 우듬지에 남아있던 몇 안 되는 노랗게 물든 은행잎들이 떨어져 노랑나비 떼처럼 허공을 날아올랐다.

그때 등 뒤에서 무슨 소리가 들려왔다. 퍼뜩 돌아보았다. 그것은 전혀 예상치 못했던 소리였다. 아기가 처음으로 옹알이를 한 것이었다.

"까꿍!"

아기와 눈을 맞춘 순간 나도 모르게 '내 입에서 까꿍!' 하는 소리가 튀어나왔다. '까꿍!' 해야지 마음먹고 한 게 아니라 저절로 '까꿍!' 했다. 아기가 처음으로 방긋 웃는 표정을 지어 보였다.

아기는 눈부터 웃었다. 웃고 있는 작은 입속은 온통 발그레한 꽃망울로 채워져 있었다. 분홍빛이 도는 잇몸은 이가 다 빠진 늙은이의 그것과는 달리 참 예뻐 보였다. 아기가 또 한 번 입을 크게 벌리고 웃었다. 이번에는 까르르 소리까지 내었다. 순식간에 분홍빛 웃음소리가 방 안 가득 채워졌다. 웃음이 나오려는 걸 억지로 참고 있던 나 역시 끝내 호호호! 하고 소리내 웃고 말았다.

내 아이를 떠나보낸 후, 까맣게 잊고 있던 웃음이었다. 아기는 눈동자도 얼굴빛도 어느 때보다 해맑아 보였다. 손발의 움직임도 몰라보게 활발해졌다. 이 기쁜 소식을 빨리 전해주고 싶었으나 아기 아빠 휴대폰은 여전히 꺼져 있는 상태였다.

그새 아기 머리카락은 많이 자라있었다. 머리카락 한 가닥이 아기 눈을 가리고 있는 게 보였다. 문득 아기 머리카락을 잘라주고 싶었다. 거실 바닥에 에이포 종이 한 장을 깔았다. 그 옆에 아기를 뉘이고 나서 조심스럽게 가위질을 하기 시작했다. 두 개 가위 날이 서로 부딪치면서 찰캉찰캉하는 소리가 났다. 찰캉찰캉하는 소리가 날 때마다 까만 머리카락이 하얀 에이포 종이 위에 톡톡 떨어졌다. 잠시 후, 작고 볼록한 이마가 드러났다.

아기 이마는 내 아이 이마와 닮아있었다. 첫 대면을 하는 순간부터 아기가 내 아이와 닮았다고 나는 생각했다. 노리끼리한 얼굴 피부며 짱구 머리, 까맣고 숱이 많은 머리카락까지.

내가 기본급 외에 얼마의 돈을 더 받기로 한 건 나 자신이 젖 수유가 가능했기 때문이었다. 모유 수유를 계획했던 아기 엄마는 임신중독이 심해져 당분간 병원 신세를 질 수밖에 없었다. 젖 수유가 가능한 사람을 찾던 중 때마침 내가 나타난 것이라고 베이비시터 사무실 측에서 말해주었다.

솔직히 이 아기를 돌보기로 마음먹은 건 돈 때문만은 아니다. 내 아이를 떠나보낸 뒤부터 내 마음 안에는 구멍이 숭숭 뚫려있었다. 무엇으로든 그 구멍을 메워야만 했다. 어쩌면 처음부터 이 아기를 돌봐야겠다는 생각보다는 숭숭 뚫려있는 내 마음속 구멍을 메우려 했는지도 몰랐다.

벽시계에 힐긋 눈이 간 순간 갑자기 마음이 조급해지기 시작했다. 분유 수유를 할까 생각하다가 얼른 젖을 물렸다. 아기 목 안으로 젖 넘어가는 소리는 갈증을 느낀 어른이 물 들이키는 소리처럼 들렸다. 문득 머릿속에서 싸늘하게 식은 내 아이의 입에 미친 듯이 젖을 물렸던 기억이 떠올랐다. 그땐 자신이 왜 그랬는지 모를 일이었다. 죽은 아이는 자주 꿈에 현실처럼 나타나기도 했다. 어느 땐 나타나서 작고 가녀린 손으로 내 가슴을 더듬기도 하고 그러다가 눈이 마주칠 때면 방긋 웃어 보이기도 했다. 그런데 신기하게도 이 아기를 돌보면서부터는 죽은 아이는 꿈에 나타나질 않았다. 엄지와 검지로 집게를 만들어 젖꼭지를 지그시 눌러주며 나직한 목소리로 내가 말했다.

"아가야. 많이 먹으렴. 이게 마지막 수유란다. 세쌍둥이를 돌보기로 돼 있거든."

내가 하는 말을 알아들었는지 못 알아들었는지 아기는 나와 눈을 맞추고 옹알이만 했다. 불현듯 코끝이 시큰해지더니 눈앞이 흐릿해졌다. 비명처럼 쏟아질 눈물을 눈 안으로 밀어 넣으려 했으나 기어이 눈물 한 방울이 오른쪽 뺨을 타고 흘러내렸다.

갑자기 아기가 물고 있던 젖꼭지를 쏙 빼고는 내 얼굴을 빤히 올려다보았다.

"아가, 너를 어쩌면 좋으니."

아기와 눈을 맞추며 내가 말했을 때 밖에서 무슨 소리가 들려왔다. 벌써 팀장이 도착한 걸까. 소리 나는 쪽으로 귀를 쫑긋했다. 그 소리는 바람에 창문이 달달 떨리는 소리였다.

애플망고

애플망고

"죄송해서 어쩌지요?"

주임교수의 말을 듣는 순간, 여자의 뇌리에는 주임교수 입에서 나오게 될 다음 문장이 영감처럼 떠올랐다. '가을 학기부터는 커리큘럼에 좀 더 신경 써 주셔야겠어요.' 곧 여자의 영감은 빗나가고 말았다. 뜻밖에도 해촉 통보였다. 해촉 통보는 주임교수의 뜻이 아니었다. 모르긴 해도 여자의 잘못도 아니었다. 절망의 물결이 한 차례 가슴을 훑고 지나갔다.

주임교수는 여자에게 차를 권했다. 여자는 탁자 앞에 앉으며 찻잔을 건네주는 주임교수의 모습을 살펴보았다. 주임교수 얼굴 근육은 여전히 굳어 있었다.

"참, 장 선생님은 커피 안 하시죠."

여자는 짧게 대답했다.

“네.”

곧 주임교수가 잘 익은 애플망고 하나를 들고 와서 마주 앉았다. 껍질을 깎아 길이와 폭을 균형 있게 잘라 담은 접시를 여자 앞에 놓으며 주임교수가 말했다.

“이것 좀 드세요. 애플망곱니다.”

애플망고를 본 순간 여자의 동공이 커졌다. 여자는 먹을 수도 안 먹을 수도 없어서 잠깐 눈을 창 쪽으로 보냈다. 곧 눈길을 바로 하고 나서 포크로 한 조각을 집으려다 애플망고 조각이 포크를 떠나 탁자에 떨어졌다. 다시 포크로 한 조각을 집어 입안에 밀어 넣었다. 애플망고 맛은 그대로였다. 달라진 건 애플망고를 대하는 여자의 마음이었다.

주임교수의 입에서 나올 다음 문장은 지나치게 더뎠다. 접시에 담긴 애플망고가 반으로 줄어들었을 때 비로소 주임교수의 반응이 정리됐다.

“갑자기 윗선에서… 드릴 말씀이 없습니다. 정말 미안합니다.”

주임교수는 미안하다는 말을 또 한 차례 했다. 단순히 미안한 척을 하는 것이 아니고 정말 미안해했다. 상대방이 진심으로 미안해하는 태도를 보이니 오히려 여자 쪽이 더 미안해졌다. 황당하고 억울한 심정이었지만 견뎌 내야 했다. 그것이 현재 여자의 위치였다. 그렇더라도 자신이 왜 해촉을 당해야 했는지 궁금했으나 물을 수도 따질 수도 없었다.

윗선이 주어라면 누굴 말하는 걸까? 설마 총장은 아닐 테고 총장 아래 선이라면 부총장? 그쪽은 절대 아니라고 확신했다.

이유는 맨 처음 여자에게 강의를 준 사람이 부총장이었기 때문이었다. 망고 접시가 완전히 비었을 땐 이미 서로가 필요한 말은 다 한 것 같아서 자연스럽게 일어날 분위기였다.

주임교수의 방을 나온 순간 여자의 입에서 긴 한숨이 나왔다. 여자는 겨자색 코트 주머니에 손을 찔러 넣고 캠퍼스를 가로질러 걸어갔다. 걸으면서 자신의 삶을 상상해 보았다. 흡사 지나치게 숙성돼 있어서 포크로 집는 순간 뭉개지는 애플망고 같은 삶…. 여자의 입에서 잠깐 헛웃음이 나왔다.

저만치 외벽이 화강암으로 된 도서관 건물 옆 하얀 페인트로 칠한 미술관이 눈에 들어왔다. 미술관 건물과 도서관 건물 사이로 붉은 벽돌로 지어진 상경학부 건물 모퉁이가 조금 보였다. 상경학부 건물은 캠퍼스를 한눈에 볼 수 있는 전망이 좋은 높은 지대에 있었다. 건물 전면에는 거대한 은행나무가 솟구쳐 있었다. 나무는 수령이 100년 혹은 그보다 더 나이를 먹었는지도 모른다.

학생 몇이 은행나무 아래를 오가고 있었고 강의실 열린 창으로 학생들의 까만 머리가 보였다가 사라졌다가 했다. 달라진 건 아무것도 없었다. 단지 어디에도 그가 없다는 사실 말고는. 그가 없는 사실을 뻔히 알면서도 어째서 그곳에 갔느냐고 물어도 여자는 할 말이 없었다.

어디선가 그의 목소리가 들려오는 듯했다.

"난 말이야. 사계절 중 가을이 제일 좋은 것 같아. 대학 때 한 교수님이 레미 드 구르몽의 <낙엽>이란 시를 읊어주신 게 계기가 됐다고나 할까."

그를 힐끗 쳐다보며 여자가 물었다.

"어떤 신데?"

"잠깐 들어볼래?"

"응."

"시몬, 나뭇잎에 저버린 숲으로 가자 / 낙엽은 이끼와 돌과 오솔길을 덮고 있다 / 시몬 너는 좋으냐? 낙엽 밟는 발자국 소리가 / 낙엽 빛깔은 정답고 모양은 쓸쓸하다… 발로 밟으면 낙엽은 영혼처럼 운다."

그날 이 길을 함께 걸으면서 시를 읊어주던 감미로운 그의 목소리가 여자의 영혼을 건드렸는지도 몰랐다. 여자는 고개를 쳐들어 은행나무를 바라봤다. 바람이 불지 않는데도 나뭇가지 꼭대기에 매달린 은행잎 하나가 가늘게 흔들렸다. 어쩌면 흔들리고 있는 건 은행잎이 아니라 여자의 마음인지도 몰랐다.

낙엽이 하나둘씩 떨어지던 어느 날이었다. 비에 젖은 낙엽 냄새를 맡으며 그와 어깨를 나란히 하고 걸으면서 주고받았던 이야기는 내내 잊히지 않았다. 그해 가을이 다 갈 때까지 그는 만날 때마다 은행잎에 관한 얘기를 제일 많이 했던 것 같다.

"그렇게 많던 은행잎이 며칠 사이에 다 떨어져 버렸어. 계절이 바뀌는 게 무섭게 느껴져."

여자는 무섭다는 느낌도 예민함의 일종인가 보다 생각했다. 둘은 노랗게 물든 은행잎이 무섭게 떨어지는 늦가을부터 사랑하기 시작했다. 그 후, 은행잎이 하나둘씩 떨어지던 어느 가을날 그는 여자의 곁을 떠나갔다. 그 생각을 하다 문득 하늘을 올려다보았다. 그도 지금 저 파란 하늘을 보고 있을까? 만약

저 하늘을 보고 있다면 무슨 생각을 할까. 귓가에서 또 한 차례 그의 목소리가 들려오는 듯했다.

“하늘이 파랗기만 하고 구름이 없다면 하늘은 피로해서 하늘이기를 포기했을 것이라고 읊은 사람은 프랑스 시인 샤를 보들레르였지.”

그의 얼굴을 쳐다보며 여자가 말했다.

“보들레르답군.”

비에 젖은 은행잎을 밟으며 몇 발짝 앞에서 걷고 있던 그가 돌아보며 또 말을 했다.

“그거 알아?”

“뭘?”

“세상에 수많은 나무 중 가장 오래된 조상 나무가 은행나무란 사실 말이야. 이미 고생대의 화석층에 나타나 있기도 하지만 몇백만 년이 지나도 본질이 달라지지 않을 뿐만 아니라 지구촌에 살고 있던 모든 생물을 멸종시킨 빙하 시대에도 살아남은 신비의 나무로 알려져 있기도 하지.”

“은행나무가?”

“응. 영국의 시인 윌리엄 플러머가 읊은 바에 의하면 유럽 쪽 은행나무는 동양의 은행나무처럼 황금빛이 아니고 구릿빛이 난다고 했어. 왠지 나는 구릿빛 은행잎이 상상이 안 돼.”

“근데 우리 캠퍼스엔 은행나무가 유독 많은 것 같아.”

“은행나무는 수명도 길지만 깨끗해서 그런 것 아닐까? 또 잎이 노랗게 물이 들었을 때는 예쁘기도 하잖아.”

“아! 참, 내가 어디선가 본 것 같은데 유명한 독일제약회사에서 생산한 기침약 원료가 우리나라 은행잎을 수입해 만든 거라고 했던 것 같아."

"맞아. 우리나라에서 자생하는 은행잎은 예쁘기만 한 게 아니고 귀한 약…."

그는 계절마다 모습을 달리하는 캠퍼스 풍경에 여자의 모습도 함께 사진에 담는 것을 좋아했다. 그 생각을 해서일까. 별안간 머릿속에서 가을 캠퍼스 풍경 속에 자신의 모습을 사진에 담던 그의 모습이 눈앞에서 되살아나는 듯했다.

그날도 한발 앞에서 걸어가고 있던 그가 돌아보며 말했다.

"잠깐! 그 자리에 가만히 서 있어봐."

곧 그의 손에 들려 있던 휴대폰 카메라에서 찰칵하는 소리가 났다. 그는 가을을 좋아했지만 유독 노랗게 물이 들어있는 은행잎이 떨어지는 늦가을을 가장 좋아했던 것 같다. 지금도 그가 찍은 여러 장의 사진 중에는 노랗게 물든 은행잎 하나가 바람에 날리다 활짝 웃고 있는 여자의 머리 위로 내려앉은 모습이 고스란히 담겨 있는 것도 있다.

눈앞에 미술관이 보였다. 규모는 크지 않았으나 미술관에는 늘 새로운 기획 전시와 개인전이 열렸다. 여자는 학부 때 도서관에 앉아 있다가 잠깐씩 밖으로 나와서 그와 함께 미술관을 둘러보던 때가 좋았던 것 같았다. 그림에 대한 전문 지식은 없었으나 그림을 좋아하는 그가 이해하기 쉽게 설명해 준 탓에 나름 그림 감상하는 시간이 즐거웠다. 이따금 학교 주변에 있는 카페에도 들어가 보았으나 마음이 편치 않았다. 가격도 비싼 편인 데다 왠지 이방인이 된 기분이었다. 그러다 보니 둘은 늘 캠퍼스 안에서만 맴돌곤 했다.

불현듯 여자의 손이 가방 고리에 가 닿았다. 차가운 느낌을 주는 금속 물체는 가슴이 따뜻한 그가 여자에게 준 마지막 선물이었다. 검은색 가죽가방에 달린 은색으로 된 키링에는 "You came to me, and my painful soul blossomed(네가 나에게로 와 주어서 아픈 나의 영혼을 꽃피웠다)."란 글자가 박혀있었다.

그와 함께 보낸 첫 밤은 경주에서였다. 이튿날 불국사와 석굴암, 안압지까지 두루 돌아보고 나서 차를 돌려 포항으로 향하는 도로 위를 달렸다. 서울 밤거리에 비하면 화려하지는 않았으나 포항 시가의 밤은 그곳만의 화려함을 간직하고 있었다.

때마침 여름철이라 송도 해수욕장은 밤인데도 사람들로 빼곡했다. 주차장에다 차를 세운 뒤 그는 여자의 손을 잡고 대나무로 울타리를 만들어놓은 아담한 횟집으로 들어갔다. 횟집이 모래사장보다 일 미터 남짓 높은 위치에 있어서 푸른 바다가 한눈에 보였다.

밤늦은 시각 호텔로 돌아온 여자는 뜬금없이 애플망고가 먹고 싶어졌다. 하지만 이미 자정이 가까운 시각이라 그냥 자기로 했다. 그날 밤, 꿈속에서 접시에 담긴 애플망고를 본 순간 여자는 '와! 내가 제일 좋아하는 애플망고다.' 하고 소리치며 정신없이 먹어 치웠다.

여자가 침을 꿀꺽 삼키며 눈을 떴을 때 그는 곁에 없었다. 시계를 봤다. 아침 다섯 시 반이었다. 잠시 후, 문을 열고 들어온 그의 손에 들려 있는 건 애플망고였다. 그가 환하게 웃는 얼굴로 말을 했다.

"이른 시간이라 문 연 데가 별로 없더라고. 그래서 이 골목 저 골목을 헤매고 다녔지. 귓가에서 네가 잠결에 하던 소리가 떠나지 않은 것이야. '반드시 애플망고를 사고 말 것이야.' 하고 다짐하면서 말이야. 하하하."

여자는 순식간에 애플망고 세 개를 몽땅 먹어 치운 뒤 휴지로 입술을 닦고 나서 말을 했다.

"사실 이 애플망고는 내가 먹고 싶은 게 아니라 뱃속의 우주가 먹고 싶었던 것이야. 근데 이 애플망고 진짜 맛있다."

"그렇게 맛있어? 난 또 은근히 걱정했지. 맛이 없다고 하면 어쩌나 하고."

"맛있다는 말로는 부족할 것 같아."

여자가 포크로 애플망고 한 조각을 집어 그에게 내밀자 그는 몸을 움찔했다.

"왜?"

"냄새가…."

"애플망고에서?"

"응."

"어떤?"

"이런 말을 해서 미안한데 방귀 냄…."

"호호호"

한참을 깔깔대며 웃고 나서 여자가 낮게 말했다.

"난 말이야. 우리가 첫 키스 했을 때 자기 입술에서 애플망고 향이 나더라고.”

“그랬어? 엄청 불쾌했겠는데.”

“아니, 아주 좋았어.”

둘은 소리 내 웃었다. 한참을 웃고 나서 여자가 말했다.

“한 가지 물어봐도 돼?”

“응. 뭐든.”

“늘 손에 들고 다니던 자동차 키링이 궁금해서.”

“그랬어? 다른 건 다 버려도 그 키링은 못 버리겠더라고. 아마 죽을 때까지 못 버릴 것 같아.”

“왜?”

“키링의 본래 주인이 아버지였거든. 키링에 박힌 글이 어떤 의미인지에 대해 아버지가 살아 계실 때 물어보질 못했어. 나중에 어머니한테서 듣게 되었어.”

“어떤?”

“아버지 나이 예순이 다 됐을 때 나를 낳으셨거든. 나 자신이 당신께 와 준 것에 대한 고마움의 의미로….”

여자 역시 그를 떠나보내고 나서 이상하게도 다른 것은 다 버렸어도 그 키링만은 버릴 수가 없었다.

둘은 아주 이상하게 사귀게 되었다. 어느날 수업을 마치고 밖으로 나온 순간 예보에도 없던 소낙비가 내리고 있어서 여자는 들고 있던 가방으로 우산을 대신해 이마에 얹고 뛰기 시작했다. 그때 큼직한 검정 우산을 손에 든 그가 여자를 쳐다보며 말했다.

“산성비를 그렇게 온몸으로 맞으면 몸에 해롭습니다. 빨리

이 우산 속으로 들어와요."

그 목소리는 혼을 빼앗길 정도로 매력적으로 들렸다. 흡사 라디오에서 흘러나오는 매력적인 DJ의 목소리를 연상케 했다. 강의실에서 서로 눈인사 정도는 했으나 목소리를 듣게 된 것은 그때가 처음이었다.

가쁜 숨을 몰아쉬며 여자가 말했다.

"괜찮아요. 이미 다 젖었는걸요."

"어서요."

그 일련의 행동이 너무도 자연스러워 보였고 여자는 얼결에 그가 받쳐준 우산 속으로 머리를 들이밀었다. 둘은 몸을 밀착시킨 상태에서 돌층계 스물일곱 개를 내려갔다. 마지막 층계를 밟는 순간 발 하나가 미끄러져 몸이 휘청했다. 그가 재빨리 손으로 여자의 허리를 감싸안았다.

그가 흰색 승용차 앞에서 발걸음을 멈췄을 때 여자는 자신의 몸을 바라봤다. 감색 바탕에 작고 노란 은행잎이 드문드문 박힌 원피스 자락이 비에 젖어 몸에 착 달라붙었고 검정 힐은 물에 젖어 번들거렸다. 차 문을 연 그가 말했다.

"자. 얼른 타요."

어느새 자동차는 교문 앞을 지나 찻길에 도착했다. 여자가 버스를 타고 가겠다고 말했을 때 그가 벙긋 웃으며 매력적인 목소리로 말했다.

"어차피 같은 방향인데 집까지 태워다 드릴게요."

여자의 집까지는 한 시간 정도 걸렸다. 차를 타는 순간 이상하게도 가슴이 설레었다. 설렘의 정체는 이상한 예감을 불러

왔다. 왠지 이 남자와 가까워질 것 같은, 운명 같은 예감이라고나 할까. 자동차가 빨간 신호등 앞에서 잠깐 멈추었을 때 그가 여자의 얼굴을 쳐다보며 벙긋 웃어 보였다. 여자는 속으로 생각했다. 이 남자 역시 자신한테 관심이 있는 것이 틀림없다고.

여자는 스물아홉 살에 새내기 대학생이 되었고 이듬해 동갑내기인 그와 처음 만났다. 경제학을 전공한 그와 국문학을 전공한 여자가 처음 만난 것은 교양과목으로 듣게 된 동양철학 강의실에서였다. 둘의 공통점은 늦깎이 대학생 신분이란 사실이었다. 여자는 궁금했다. '저렇게 멋진 남자가 왜 늦깎이 대학생이 됐을까? 나처럼 가정 형편이 어려워서일까? 아니면….' 궁금증은 곧 풀렸다. 여자가 늦깎이 대학생이 된 이유는 경제적인 문제였으나 그가 늦깎이 대학생이 된 이유는 건강상의 문제였다는 사실을.

동양철학 강의실은 본관 뒤편에 있었다. 강의실로 향하는 언덕길에는 촘촘하게 심어놓은 철쭉이 하나둘씩 꽃망울을 터뜨렸다. 그 길을 오를 때마다 들으면 기분이 좋아지는 새소리가 들려오곤 했다.

담당 교수는 40대 중반 H 교수였다. H 교수는 한 학기 동안 수업 방향에 대해 나름 진지하게 설명했다. 강의 제목은 '죽은 철학자들의 살아있는 가르침'이었다. 지금도 가지고 있는 노트에는 이런 글이 적혀 있다.

恥 : 부끄러울 치

'부끄러운 감정은 근본적으로 타인에 대한 것이 아닌, 자기 자신에 대한 느낌이다. 자기를 평가하고 성찰할 때 느끼는 감정이 곧 부끄러움이다. 맹자는 부끄러움을 태어날 때부터 지니는 네 가지 감정인 四端의 하나로 보았다. 선비가 부끄러움이 없는 것은 나라의 부끄러움인 國恥이다. 이 말뜻은 현대사회를 살아가는 지도자에게 부끄러움을 강력하게 요청하는….'

삼 년 전, 어느 날 여자가 출간된 자신의 책을 들고 학교로 찾아갔을 때는 분위기가 많이 달라져 있었다. 학부 때 마음에 새길만 한 교수는 둘이었다. 그중 한 사람은 부총장 신분이, 또 다른 한 사람은 주임교수 신분이 돼 있었다. 여자가 책을 들고 제일 먼저 찾아간 곳은 부총장실이었다. 그날 부총장은 환한 얼굴로 여자를 반겼다. 차를 마시며 이런저런 대화가 오간 뒤 여자가 자리에서 일어나려 했을 때 부총장이 말을 했다.

"장 쌤, 여유 있으면 책 한 권 더 두고 가시지요."

며칠 후, 주임교수로부터 전화가 걸려 왔다. 약속한 날에 갔을 때 주임교수가 강의를 맡아달라고 했다.

"글쎄요. 제가 그럴 자격이…."

여자가 머뭇거리자 주임교수가 환하게 웃는 얼굴로 말했다.

"이건 제가 결정한 것이 아니고 부총장님께서 내린 결정입니다. 교재는 장 선생님 책으로 하시면 될 것 같습니다."

그렇게 시작된 강의는 3년간 지속되었다. 학기 초 어느 날 여자는 친구를 만나러 학교 앞 커피숍으로 가게 되었다. 커피

숍은 빈자리가 없을 정도로 사람이 꽉 차 있었다. 두리번거리고 있는데 친구가 휴대폰으로 문자를 보내왔다. 갑자기 아이가 열이 심해 병원 가는 중이라며 다음에 만나자는 내용이었다. 발길을 돌리려는 순간 창 쪽에 앉아 있던 H 교수가 손을 번쩍 들어 보였다. 하는 수 없이 그쪽으로 갔다. H 교수는 입가에 웃음을 지어 보이며 이상한 말을 쏟아냈다.

"참 대단하십니다. 아니, 대단하다는 말보다 지독하다는 말이 맞을 것 같네요. 하하하."

주어가 없으니 처음엔 누구를 대상으로 하는 말인지 아리송했다. 하지만 그 자리엔 자신 말고는 다른 사람은 없었다.

"무슨 말씀이신지?"

"학부만 끝낼 줄 알았는데 석박사까지 일사천리로… 정말 지독하십니다. 하하하."

그제야 여자는 부총장이 자신의 책 한 권을 H 교수에게 건넨 사실을 알게 되었다. 그날 H 교수가 언제 한번 분위기 좋은 곳에서 밥을 사주고 싶다고 말했다. 여자는 학부 4년과 석·박사 과정을 합해 9년 동안 개인적으로 교강사와 차 한 잔 마신 적이 없었다. 만학도 신분이라 그런지는 몰라도 교강사와 개인적인 만남은 공연히 불편해지는 게 그 방면의 결벽 아닌 결벽이었다.

"네. 감사합니다만 마음만 받겠습니다."

며칠 뒤였다.

그날 여자가 찾아가야 할 강의실은 7층에 있었다. 늘 사용하던 203호는 세미나가 열리기로 돼 있다고 조교가 말했던 점을 상기하면서 7층 버튼을 누르고 비좁은 엘리베이터 안쪽으로 비집고 들어갔다. 엘리베이터는 층마다 멈춰 섰다. 날씨가 더워서 그런지 엘리베이터 안의 공기는 후덥지근했다. 엘리베이터 안에서 담배 피우는 사람은 없었지만 담배 냄새가 불쾌감을 끌어올렸다. 한 층씩 올라갈 때마다 타는 사람만 있고 내리는 사람이 없어 엘리베이터는 초만원이었다. 사람들은 하나같이 서로의 얼굴을 마주하지 않으려고 천장 쪽을 올려다보기도 하고 숫자가 바뀌는 것만 바라보기도 했다. 엘리베이터가 6층에서 잠시 멈췄다 다시 문이 닫힌 순간 여자는 누군가 자신의 어깨를 툭 치는 듯한 느낌을 받았다. 여자가 돌아보자 H 교수가 느끼한 미소를 지어보이고 있었다. 여자는 뒤도 돌아보지 않고 제일 먼저 7층에서 내려버렸다. 7층 복도는 한산했다. 걸음을 빨리해 복도를 걸어갔다. H 교수가 따라오면서 말했다.

"언제 한 번 근사한 곳에서 맛있는 밥을 사드리고 싶은데…."

여자는 벌써 같은 말을 세 번째 듣게 되었다. 여자의 반응이 나오기도 전에 맞은 편에서 조교로 보이는 남자 둘이 이쪽으로 걸어오고 있는 게 보였다. H 교수는 아무 일도 없었던 것처럼 유유히 사라졌다.

며칠 뒤 퇴근길에 H 교수와 또 마주치게 되었다. 마주친 순간 H 교수의 얼굴색이 흙빛으로 변하면서 여자를 노려보았다. 곧 독기 어린 목소리를 툭 던졌다.

"사람의 성의를…."

여자는 급히 등을 돌렸다. 순간 분노가 폭발할 것 같은 상대에게 무방비 상태로 등을 보이는 것이 겁이 났다. 걸음을 빨리 해 걷고 있는데 두려움과 분노가 뒤죽박죽인 감정이 어느새 눈물이 되어 쏟아질 것 같은 그런 기분이었다. 여자는 오가는 학생들의 눈길을 피하려고 일부러 교문 쪽만 바라보고 걸었다.

교문을 벗어난 순간 여자는 그제야 H 교수가 학기 초부터 교무처장 신분이 되었다는 사실을 깨닫게 되었다. 대학에서 교무처장이란 위치는 대단했다. 교원의 인사정책부터 신입생 선발 과정 그리고 교수 연구 업적 등을 평가하는 교무업무 전반을 총괄할 뿐만 아니라 교강사 재임용 여부까지 결정하는 엄청난 권력을 휘두르는 자리다. 결국 H 교수는 교무처장이란 권력의 칼을 휘둘러 여자의 목을 단칼에 자른 것이다.

상경학부 건물을 막 돌아서는데 여자의 머릿속에서 지난 주말 아이와 글자 놀이를 했던 때가 떠올랐다.

"엄마, 엄마란 글자에는 ㅁ이 두 개나 있는데 왜 아빠란 글자엔 ㅁ이 하나도 없는 거야?

그 말을 듣는 순간 아빠란 단어 끝자리의 '빠'자의 쌍비읍이 뾰쪽한 바늘이 되어 여자의 심장을 찔렀다.

"엄마, 가르쳐 줘. 어째서 그런 거야. 응?"

"어째서 그런 게 어딨어? 그냥 그런 줄 알면 되는 거지."

여자는 아이와 한 달에 한 번 만났다. 아이와 만난 순간 손을 잡으면 아이의 손은 차갑지도 따뜻하지도 않았다. 아이와 만나면 왠지 모르게 어색한 기운이 감돌았으나 딱히 무엇 때문인지는 알 수 없었다. 전화로 "지금 어디야?" 하고 물으면 아이는 밝지도 그렇다고 어둡지도 않은 목소리로 “비밀이야.” 하고 대답했다. 어느 땐 “층계야.” 했다. “누구랑?” 하고 물으면, “이제 내려갈 거야.” 하고 대답했다. 여자는 아이가 자신을 향한 마음의 문이 닫혀 있는 게 분명하다고 생각됐지만 뾰족한 방법도 없었다.

여자는 임신 초기부터 입덧이 심했다. 목 안으로 넘길 수 있는 것은 오로지 애플망고뿐 다른 어떤 것도 넘기질 못했다. 그날도 여자는 종일 극심한 입덧에 시달렸다. 그가 여자를 데리고 시장 골목으로 들어갔다. 가게마다 진열된 과일은 종류도 다양했다. 사과, 배, 바나나, 파인애플, 석류…. 그러나 어디에도 애플망고는 보이지 않았다.

그날 밤에도 입덧에 시달린 여자는 자정이 지나서야 겨우 잠이 들었다. 꿈속에서 잘 익은 애플망고를 정신없이 입속으로 빨아들였다. 눈을 뜨는 순간 애플망고가 눈앞에서 어른거렸고 입안에서는 침이 고인 탓에 여자는 꿈 이야기를 했다. 그는 곧 점퍼를 걸치고 애플망고를 사 오겠다며 집을 나섰다.

이상하게도 돌아올 시간이 지났는데도 그는 소식이 없었다. 휴대폰마저 불통이었다. 문자를 보냈다. “가능하면 애플망고로.” 그런데 답신은 오지 않았다.

마침내 전화벨이 울렸다. 그의 전화였다. 재빨리 휴대폰을 귀로 가져갔다. 그런데 웬 낯선 남자의 목소리가 들려왔다. 남자의 목소리는 경직돼 있었다. 그가 시장 골목을 지나던 길에 갑작스럽게 불어온 돌풍으로 상가 간판이 하필이면 그의 정수리 쪽을 내리쳤다고 했다.

미친 듯이 달려갔을 때 그는 붕대로 머리를 감싼 채 인공호흡기까지 달고 응급실에 누워있었다. 구급대원의 말에 의하면 그는 정신을 잃은 상태에서도 망고가 들어있는 비닐봉지만은 손안에 꼭 쥐고 있었다고 했다.

뇌출혈이 심한 상태인 것 같다고 의사가 말했다. 그의 심장이 점점 불규칙해져 가자 경보음이 다시 울리더니 멈추질 않았다. 의사는 그의 심장이 세동(fibrillation)을 일으키고 있다고 말하고 나서 꼼짝하지 않고 서 있었다. 잠시 후, 제멋대로 움직이던 심장 모니터의 형광선이 완전히 수평이 됐다가 다시 약하게 움직이는 듯했다. 낮은 목소리로 의사가 말했다.

"뇌에서 신호가 잠깐 끊긴 상태인 듯…."

그의 휴대폰 마지막 사용 시간은 아침 6시 19분. 실제 수신인과 통화는 하지 않았으나 문자를 남긴 흔적은 있었다. '이른 시간이라 문 연 데가 별로 없네. 그래도 당신이 좋아하는 애플망고는 샀어. 애플망고 말고 또 먹고 싶은 거 있으면 문자 남겨.'

그가 영영 깨어나지 못한다면 자신도 그를 따라가고 싶었다. 하지만 그 생각은 곧 바뀌었다. 어떻게 하든 살아남고 싶었다. 아니, 살아남아야만 했다. 그것은 우주 때문이었다. 우주는 그의 우주인 동시에 여자의 우주이기도 하니까.

여자는 처음 얼마간은 병상에 누워있는 그의 손발이 되어주며 회복되길 간절히 기도했다. 그는 자신의 감정을 말로는 표현하지 못해도 눈동자로 표현하려고 애를 쓰는 듯 보였다. 하지만 아무리 둘의 사이가 눈빛만 봐도 무엇을 말하는지 알 수 있다고 하더라도 그것은 건강할 때일 뿐. 요 며칠 사이엔 그가 눈동자로 하는 말을 알아차릴 때도 있지만 못 알아차릴 때가 더 많았다.

그렇더라도 그는 간병인이 휠체어를 밀어주는 것보다는 여자가 밀어주는 걸 더 좋아했다. 그는 병실 밖으로 나가 숲 사이로 나 있는 좁은 산책길을 거닐다 여자가 돌멩이를 발견하지 못해 휠체어가 덜커덩하고 소리를 낼 때면 어린아이처럼 까르르 웃곤 했다. 그러나 그런 날은 그리 오래 가지 않았다. 어느 날 의사가 두 번째 수술을 해야 한다고 말했다.

그가 두 번째 수술을 받으려고 수술실로 향하던 길에 복도에서 덜덜 떨리는 손으로 말없이 여자의 손에 건넨 건 자동차 키링이었다. 여자는 그 키링을 손에 들고 잠깐 상상해 보았다. 곧 태어날 우주를 안고 활짝 웃는 그의 모습을.

그러나 수술 후, 의사는 그가 뇌사상태로 갈 확률이 높다고 말했다. 놀란 여자가 물었다.

"선생님, 뇌사상태란 용어에 대해 자세한 설명을 해주실 수 있을까요?"

"예. 뇌사상태는 비가역적인 상황으로 뇌줄기의 기능마저 모두 손상된 상태를 말합니다."

"비가역적이라고 한다면 반대로 가는 것이 불가능하다는 뜻이 아닌가요?"

"예. 맞습니다. 다시 말해 환자는 외부 자극에 대해 어떤 반응도 보이지 않으며 기본적인 뇌줄기 반사 소견이나 호흡이 전혀 없는 상태를 말합니다. 최근 학계에서 뇌사상태를 인정하는 순간, 사망과 동일시하는 경우가 적지 않습니다."

"선생님 현재 제 남편은 뇌사상태는 아니지요?"

"네. 뭐 그렇게 볼 수도 있습니다만 반드시 그렇다고…."

의사는 애매하게 대답했다.

이튿날 아침, 의사는 전에 없이 어두운 얼굴을 하고 말했다.

"유감입니다만 어젯밤 뇌사판정위원회가 열렸습니다. 출석인 전원 일치로 뇌사 판정이 내려졌습니다."

그 말을 듣는 순간 여자는 자신의 귀를 의심했다. 곧 여자의 눈에서 흘러내린 눈물은 좀처럼 멈추지 않았다. 마치 몸속의 물기를 쥐어 짜낸 듯 보였다. 더 이상 짜낼 물기가 남아있지 않았던지 여자는 입술을 그의 뺨에 갖다 대고 울부짖었다. 이렇게 빨리 떠날 거면서… . 난 어떻게 하라고 또 우주는….

여자는 모든 건 자신의 잘못이라고 생각했다. 아니 뱃속의 우주와 자신을 세상 바다에 남겨둔 채 홀로 떠난 건 그의 잘못이었다. 그러나 곧 깨닫게 되었다. 대상이 누구든 한껏 비난해 보았자 아무런 소용이 없다는 사실을.

여자의 눈물이 눈을 감고 누워있는 그의 콧등에 뚝뚝 떨어졌다. 여자는 온기가 식어가는 그의 손을 끌어다가 불룩한 자신의 배에 얹어 우주와도 작별케 했다.

"잠깐 귀를 기울이고 우주의 심장 소리를 들어 봐. 어서!"

그렇게 말하고 나서 여자는 밖으로 뛰어나갔다. 주변은 온통 희부연 안개로 뒤덮여 있었다. 앞이 보이지 않았다. 보이는 거라곤 병실 창밖으로 새어 나온 희미한 불빛뿐. 귓가에서 '뇌사 판정은 사망과 동일시하는 경우가 많습니다.' 하고 말하던 의사의 목소리가 들려왔다. 불현듯 여자는 자신 앞에 덮쳐 온 현실이 뇌사 상태처럼 느껴졌다.

우주는 그가 하늘나라로 떠난 후 보름 만에 세상 밖으로 나왔다. 우주가 태어난 지 한 달 되던 날 우주 할머니가 찾아와서 우주를 데려가겠다고 말했다. 이유는 그동안 미루어오던 논문도 써야 하지 않느냐고. 그러나 그것은 우주로부터 여자를 밀어내기 위한 너그러움을 가장한 우주 할머니의 작전인 것이었다.

여자는 어렸을 때 형편이 어려운 탓에 대학은 꿈도 꾸지 못했다. 겨우 고등학교를 졸업한 뒤 한 주민센터에서 문서 정리와 같은 보조 일을 하다 무작정 서울로 왔다. 도저히 공부라는 게 포기가 안 되었기 때문이었다. 서울로 온 이후엔 빵집과 카페를 오가며 아르바이트를 했다. 일을 마치고 고시원에 돌아와서는 죽기 살기로 공부했으나 매년 입시엔 실패하고 말았다. 6년이 지나서야 겨우 대학 문턱을 넘을 수 있게 되었다.

어느 날 그가 자신이 묵고 있던 오피스텔에서의 동거를 제의해 왔다. 여자는 망설이지도 않고 고개를 끄덕여 보였다. 얼마 후, 여자가 들고 간 낡은 트렁크 안에는 주로 헌책방에서 구입했거나 재활용 쓰레기 더미에서 주운 책들만 들어 있을 뿐 다른 짐은 별로 없었다.

그는 졸업하자마자 회계사 시험에 합격했고 여자도 하던 공부를 계속할 수 있게 되었다. 어느 날 그가 서둘러 식을 올리자고 말했다. 모든 것이 일사천리로 진행되었다. 여자는 세상을 다 가진 듯 부러울 게 없었다.

어느 날 초음파 사진을 보여주며 여자가 말했다.

"자기야. 나 임신이래!"

눈을 커다랗게 만들며 그가 말했다.

"이 작은 점 하나가 우리 아기란 말이지."

아들이라고 했다. 그는 아들의 이름을 우주라고 지었다. 집 宇 집 住. 평생 우주처럼 넓은 세상에서 꿈을 펼치고 살아가길 바라는 마음을 담았다. 그는 매일 밤, 우주의 심장 소리를 듣겠다며 자신의 귀를 여자의 배꼽에 갖다 대곤 했다.

여자는 자신이 엄마가 된다는 건 더없이 소중한 일이라고 생각했다. 우리 아이에 대해 생각한다는 건 얼마나 즐거운 일인가. 아이에 대한 지극한 사랑이 자신이 지금까지 인간으로서 느꼈던 모든 걸 이미 하찮은 것으로 만들어버렸다. 고아나 다름없는 자신이 더 이상 외로워하지 않아도 된다는 사실을 깨닫게 된 순간, 감개무량이란 단어의 의미가 어떤 것인가를 알 것 같았다.

아마도 학위논문이 통과되던 날이었을 것이다. 여자는 홀가분한 마음으로 우주를 만나러 갔다. 우주를 만나러 갈 때면 우주 할머니의 목소리에는 어딘가 모르게 가시가 섞여 있는 듯했다.

"우주야, 엄마 왔다. 잘난 네 엄마!"

우주는 여자와 눈을 마주친 순간 느릿느릿 걸어오면서 힐긋힐긋 할머니 눈치를 살폈다. 여자 역시 선뜻 달려가지 않고 현관에 서서 우주가 자신을 향해 걸어오고 있는 모습을 지켜보며 기다리는 노력이 필요했다. 여자가 팔을 벌리자 그제야 우주가 달려와서 안겼다. 다섯 살 난 우주는 또래보다 작은 편이었다. 우주를 안아 높이 치켜들었다. 공중에 들어 올려진 우주는 새하얀 이를 드러내 보이며 활짝 웃었다. 여자는 우주 이마에 뽀뽀했다. 우주가 간지럽다며 깔깔 웃었다.

평소 그는 우주를 근사한 놈으로 키우자고 하는 말을 자주 했다. 근사한 놈이 어떤 놈인데? 하고 물으면 그는 늘 같은 대답만 했다.

"국가나 사회에 헌신하는 큰사람보다는 남을 아프게 하지 않고 성실하게 살아가면 그게 곧 근사한 놈 아니겠어."

멀리 교무처장 집무실이 있는 본관 건물이 보였다. 별안간 속이 울렁거린 탓에 급히 화장실로 달려갔다. 헛구역질만 나올 뿐 목구멍에서 넘어오는 건 아무것도 없었다. 벽면에 붙어 있는 거울 앞으로 다가갔다. 거울 속에 비치는 얼굴은 지나치게 숙성된 애플망고 속처럼 노랬다.

미술관 앞에서 발길을 멈췄다. 문을 연 순간 관람객 몇이 보이긴 했으나 조용했다. 바나나와 수박, 참외 등이 그려진 화폭에 시선을 주고 있던 여자의 눈길이 애플망고 그림 앞으로 옮겨갔다. 작가의 이름과 약력, 단체전, 개인전 등의 글이 적힌 아래에는 이런 글귀가 적혀 있었다.

'애플망고는 다양한 세계를 품고 있다. 파란색은 우울하거나 지나치게 화가 났을 때 사람의 얼굴이 파랗게 질리는 모습

을 연상케 하고 붉은색은 생명과 열정을, 완전히 익었을 때 노란빛은 따뜻함, 혹은 풍요….'

미술관을 나오고 나서 여자는 잠깐 생각했다. 이제 어디로 가야 하나. 길에는 지나가는 사람도 없었다. 눈앞에 은행나무 한 그루가 서 있었다. 여자는 은행나무를 부여잡고 가늘게 흐느꼈다. 한참을 울다 우주를 떠올리며 용기를 내기로 마음을 추슬렀다.

햇살 한 줌이 은행나무 가지 사이를 비집고 들어와서 여자의 얼굴을 쏘아 눈이 부셔왔다. 잠깐 눈을 감았다가 뜨는 순간 짤그랑하는 소리가 들렸다. 바닥에 떨어진 건 키링이었다. 검은 바탕에 은빛으로 된 "You came to me, and my painful soul blossomed."란 글자가 햇빛을 받아 반짝였다.

허리를 구부려 키링을 주우며 혼자 중얼거렸다.

'빨리 우주에게 달려가서 깊게 안아줘야겠어. 놀라울 만큼 아주 세게. 그런 다음 우주의 귀에다 대고 이 말을 꼭 해줄 테야. 이제 이 키링의 주인은 우주 너야.'

손

손

얼핏 손을 봤다.

여자 손인지 남자 손인지는 확실치 않았다. 하늘을 뒤덮고 있던 검은 연기가 순식간에 들것에 실린 그 손을 덮어버렸기 때문이다. 남자의 손일까. 여자의 손일까. 산 사람의 손일까. 죽은 사람의 손일까.

가스폭발로 인한 사상자는 쉰 명이 넘는다고 텔레비전 화면 속 한 젊은 남자 기자가 침통한 표정을 드러내 보이며 말했다. 이어 사람들이 붐비는 시장 통이라 인명 피해가 더욱 심했던 것 같다는 말도 덧붙였다. 속보가 진행되는 중에 텔레비전이 켜졌기 때문에 정확한 사고 지점이 어디인지 어떤 사람이 죽었는지 현재 상황은 어떤지 알 수가 없었다. 잠시 뒤 사고 현장에 나가 있는 머리에 헬멧을 쓴 한 젊은 남자가 침통한 목소리로 사망자와 부상자 명단이 나오려면 시간이 좀 걸릴 것 같다고 말했다.

그때 동훈 오빠와 나는 소파에 앉아서 이런저런 이야기를 나누고 있었다. 어느 순간 동훈 오빠가 자신의 입술을 내 입술 위에다 포겠다. 곧 성급하게 내 브래지어를 벗기려고 하는 순간 동훈 오빠의 팔꿈치가 소파에 놓아둔 리모컨을 건드리게 되면서 텔레비전이 켜졌고 화면에는 검은 연기로 뒤덮여 있는 화재 현장이 비쳤다. 얼핏 불이 난 장소가 낯설게 느껴지지 않았다. 동훈 오빠도 같은 생각을 한 모양인지 별안간 눈이 휘둥그레지더니 소파에서 벌떡 일어났다. 동훈 오빠는 발기된 페니스 때문에 지퍼도 제대로 잠그지 못한 채 밖으로 뛰어나갔다.

불현듯 귓가에서 청바지에다 살구색 티셔츠를 입고 감색 트렁크를 끌고 대문을 나설 때 엄마가 하던 말이 들려오는 듯했다.

"문단속 잘해라. 특히 가스 불에 뭐 올려놓고 깜박하다 불내지 말고. 물가에 내놓은 어린애 같아서. 쯔쯔쯔."

대문 기둥에 몸을 기대고 서 있던 나는 엄마가 하는 잔소리를 듣고 입을 쑥 내민 채 말을 했다.

"집 걱정은 마시고 어서 여행이나 잘 다녀오셔용."

올해 예순일곱 살 된 엄마는 처음으로 크루즈여행을 갔다. 솔직히 말하면 엄마는 크루즈여행만 처음인 게 아니고 여행 자체가 처음이었다. 지금쯤 엄마는 부산에 도착해 크루즈 선박에 올랐을 것이었다.

크루즈여행은 내가 적극적으로 권했다. 여러 가지 여행상품이 있었으나 왠지 크루즈여행이라고 하면 부유한 사람만이 즐겨하는 여행인 것 같은 느낌이 들었다. 엄마 같은 사람에게는 엄청나게 큰 배를 타고 여행한다는 건 영화에서나 볼 수 있는 것이기도 했다. 하지만 나는 만 원도 안 되는 몸빼와 오천 원짜리 티셔츠, 거기에 낡아빠진 비닐 슬리퍼 한 켤레만 있으면 사계절을 버티어내는 자신과 같은 사람은 크루즈 여행을 한다는 건 꿈도 꿀 수 없는 일로 생각하는 엄마의 고정관념을 깨주고 싶었다.

서울에서 이십 년 넘게 살아오면서도 남산이 어디에 있는지, 덕수궁이 어디에 있는지, 백화점이 어디에 있는지 알지 못한 채 손에 물 마를 날 없이 억척스럽게 일만 해온 엄마야말로 이제는 크루즈여행 정도는 누릴 자격이 충분하다고 나는 생각했다. 망설이기만 하던 엄마도 막상 크루즈여행을 결심하고 나서부터는 활기찬 나날을 보내고 있었다.

엄마를 포함한 시장 상인회 사람은 여행 상품 두 개를 놓고 고민했다. 바르셀로나, 몬세라트, 로마, 나폴리를 도는 구박 십일간의 동부 지중해 쪽을 택할 것인가. 인천에서 출발하는 오키나와, 가고시마, 나가사키 등을 돌아보는 칠박팔일 간의 일본 쪽을 택할 것인가. 결국 엄마를 포함한 상인회 사람은 동부 지중해 쪽으로 의견을 모았다.

엄마는 여행이 처음이기 때문에 준비해야 할 것도 많았다. 먼저 활동하기에 편리한 옷과 신발, 트렁크, 선글라스 그리고 앞면에 커다란 주머니가 달린 팬티도 샀다. 평생 신용카드 한

번 사용해 본 적이 없던 엄마가 궁리 끝에 여행지에서 쓸 현금을 꿍쳐 넣을만한 게 뭐가 있을까 생각하다 커다란 주머니가 달린 팬티를 떠올린 모양이었다.

그날 밤, 엄마는 은행 창구에 가서 환전한 유에스 달러를 팬티에 달린 주머니에 넣고는 지퍼를 닫았다. 행여 지퍼가 고장이라도 나면 큰일이라고 생각한 엄마는 커다란 옷핀까지 팬티 주머니에다 쿡 찔러두었다.

평소 임신 오 개 월쯤 돼 보이는 펑퍼짐한 허리에 유에스 달러를 쑤셔 넣은 팬티까지 입은 엄마 배는 임신 육 개월은 돼 보였다. 그 모습이 어찌나 우스워 보이던지 배꼽을 잡고 웃고 있던 내가 한마디 툭 던졌다.

"엄마, 내 동생은 언제쯤 볼 수 있어요? 호호호."

엄마가 손을 뻗어 내 머리통을 쥐어박을 태세를 취했을 때 나는 깔깔 웃으며 몸을 피했다. 남는 건 사진밖에 없다며 최신식 휴대폰도 새로 장만한 엄마 얼굴은 마치 수학여행 떠날 채비를 하는 여고생처럼 한껏 들떠 있었다.

본래 우리 집은 경상도 시골이었는데 이십 년 전에 서울로 왔다. 이사 오기 전 동네 사람이 우리 가족에게 일종의 환송회 비슷한 자리를 마련해주었다. 그날 건배를 제의하던 대추나무집 황 씨는 가서 살아보고 정 힘들면 다시 고향으로 내려오라는 말도 잊지 않았다.

읍내에 있는 화력발전소에서 관리 기사로 20년 넘게 일한 아버지는 육만 육천 볼트가 흐르는 기계에 순식간에 감전 사고를 당한 바람에 양손을 몽땅 잃게 되었다. 봉합수술이 끝나고 아버지가 마취에서 깨어났을 때였다. 뒤늦게 양손이 잘린 사실을 알게 된 순간, 아버지는 그냥 죽게 놔두지 왜 살렸느냐며 오열했다.

아버지는 두 다리로 걸을 수는 있었으나 손으로 할 수 있는 건 아무것도 없었다. 그때부터 엄마 손은 아버지 손까지 되어 주어야 했다. 밥도 떠먹여 주고 세수도 시켜주고 옷도 입혀주고 면도도 해주고 발톱도 잘라주고 가려운 데도 긁어주었다.

다행한 것은 손목뼈가 어느 정도 남아 있어서 상처가 아문 뒤 갈고리 의수를 낄 수 있게 됐다. 갈고리 의수를 끼고 나서부터는 가까스로 오토바이를 탈 수는 있었으나 평생 전기만 만지던 아버지가 할 수 있는 일은 아무것도 없었다. 엎친 데 덮친 격으로 아버지가 집을 저당해 사업 밑천을 대준 삼촌이 부도를 낸 바람에 살던 집과 텃밭이 몽땅 빚에 넘어가고 말았다. 결국 엄마가 팔을 걷어붙이고 나설 수밖에 없게 되었다.

별안간 우리 가족은 고향 땅을 떠나 서울 한 변두리 재래시장 끝자락에 있는 콧구멍만 한 방 한 칸이 달린 가게를 얻어 이사했다. 가방끈이 짧은 엄마가 할 수 있는 건 아무것도 없었다. 곰곰이 생각하던 끝에 엄마는 식당을 해 볼 마음을 먹었다.

그러나 식당 자리는 말이 좋아 시장 골목이지 사람이 북적대는 중앙통에 비하면 한산한 주택가나 마찬가지였다. 본래 공인중개사 사무실에서 점포 두 칸을 모두 사용하고 있었는데 부동산 시장이 활기를 잃게 되면서 손님이 줄어든 탓에 한 칸을 내놓은 걸 엄마가 얻게 된 것이다.

일곱 평 남짓한 공간치고는 메뉴가 많았다. 김치찌개·청국

장·순두부·열무 비빔밥·조기매운탕·삼겹살……. 일단 식당 문을 열고 들어온 손님은 하나라도 놓치지 않겠다고 하는 엄마의 속셈이 메뉴판 속에 꾸역꾸역 욱여넣어져 있었던 것이다.

갈고리 의수를 한 아버지는 주로 오토바이를 타고 시장에 가서 그날 필요한 장을 봐오곤 했다. 양손에 갈고리 의수를 낀 아버지가 빨간 오토바이 뒤에 노란 플라스틱 상자를 매달고 나타나면 시장 사람들이 미리 주문받은 식자재를 바구니에 척척 담아주곤 했다.

비록 홀이 작긴 했으나 엄마 손맛이 좋아 입소문을 타고 손님이 끊이지 않아 재미가 쏠쏠한 편이었다. 솔직히 처음부터 식당이 잘 된 건 아니었다. 처음 얼마간은 손님이 없어 매일 파리만 날렸다. 식당은 워낙 목도 좋지 않은 데다 간판도 옆 공인중개사에서 달아놓은 그대로였다. 그런 탓에 골목을 지나는 사람 대부분은 거기에 식당이 있는 사실조차도 알지 못했다.

엄마는 살아오면서 단 한 번도 식당 음식을 먹어 본 일이 없었기 때문에 식당 경험이 있는 외숙모가 보름 정도 도와주기로 했다. 그러나 공교롭게도 식당 문을 처음 여는 날 아침 외삼촌이 급성 심근경색으로 병원에 실려 가는 바람에 하는 수 없이 엄마 혼자 감당할 수밖에 없었다.

식당 문을 처음 여는 날이었다. 아침부터 엄마는 가슴이 두근거린다며 좁은 홀을 왔다가 갔다가 했다. 난생처음 식당을 차린 것도 그렇고 찾아오는 손님을 어떻게 맞이해야 할지 또 주문받은 음식은 어떻게 만들어야 할지 몰랐기 때문이었다.

제일 먼저 식당 문을 열고 들어온 손님은 공인중개사였다.

식당도 알릴 겸 친구를 데리고 왔다고 공인중개사가 말했다. 당황한 엄마는 제대로 인사도 못한 채 어찌할 바를 몰라 했다. 게다가 손님으로부터 주문을 받고도 음식 내올 생각도 하지 않은 채 우물쭈물하기만 했다. 기다려도 음식이 나오지 않자 손님이 재촉했다.

"왜 이렇게 동작이 늦는 거야. 빨리 먹고 가야 하는데."

그 순간 불현듯 엄마 머릿속에서 스치고 지나가는 것이 있었다. '그래, 한국 사람이 먹을 음식이니 한국 사람 입맛에 맞으면 되지 않겠어.' 엄마는 평소 우리 가족이 먹던 대로 MSG나 설탕과 같은 인공조미료를 일절 쓰지 않고 만든 음식을 손님들 앞에 내놨다. 그러나 인공조미료에 익숙해져 있던 손님의 반응은 시큰둥했다. 안타깝게 생각한 주위 사람들이 다른 식당처럼 인공조미료를 사용하는 게 좋을 거라고 말해주었으나 엄마는 듣지 않았다.

평소 엄마는 무쇠도 갈면 바늘이 될 수 있다고 하는 말을 입에 달고 살았다. 그날도 그 말을 떠올리고 있었던지 갑자기 엄마가 자신이 정성껏 만든 음식을 들고 시장 입구에 있는 한 오 층 건물로 찾아갔다. 그러나 세상은 엄마 생각처럼 녹록지 않았다. 잡상인은 절대 들어갈 수 없다며 제복 입은 경비가 가로막았다. 그렇다고 순순히 물러설 엄마도 아니었다. 엄마는 경비아저씨 마음부터 얻기로 했다. 그래서 싸 들고 간 음식을 경비아저씨에게 몽땅 건네주고 돌아왔다.

이튿날 엄마가 다시 그 건물로 찾아갔을 때였다. 언제 보았던지 경비가 쪼르르 달려와서는 문을 열어주는 것이었다. 그러면서 경비가 말했다.

"음식이 깔끔하고 맛도 좋던데요."

엄마는 환한 얼굴을 드러내 보이며 한 사무실 문을 열고 안으로 들어가게 되었다. 나도 엄마가 손수 만든 식혜를 담아놓은 페트병 두 개를 양손에 각각 하나씩 들고 뒤를 따랐다. 그런데 사람들이 음식 냄새가 난다며 손을 내저으며 빨리 나가 달라고 했다. 하지만 엄마는 쉽게 물러서지 않았다. 엄마는 일단 한번 드셔 보시고 판단해 달라고 말한 뒤 들고 간 음식을 슬그머니 놓아두고 문을 열고 나와 버렸다. 그러기를 몇 차례. 엄마의 끈질긴 노력 끝에 마침내 음식을 먹어 본 사람들이 하나둘씩 작고 초라한 식당을 찾아오기 시작했다.

이때부터 자신감을 얻게 된 엄마는 손수 만든 김치찌개와 조기 매운탕 등을 양손에 들고 시장 안에 있는 가게는 물론이고 큰길 건너에 있는 우체국이며 농협, 주민센터까지 일일이 찾아다니며 발품을 팔곤 했다.

마침내 좁은 식당 안은 입소문을 타고 찾아온 사람들로 북적거리기 시작했다. 차츰 손님이 많아지게 되면서 엄마는 밤마다 손이 아리고 발바닥에서 불이 난다는 소리를 하기 시작했다. 아버지가 홀을 맡아볼 직원 한 사람을 쓰자고 여러 차례 말했으나 그때마다 엄마는 고개를 저었다. 음식에 다른 사람 손이 닿게 되면 자신의 손맛이 나지 않는다는 게 엄마가 직원을 쓰지 않는 이유였다.

엄마 손맛이 가장 빛을 발하는 음식은 뭐니 뭐니 해도 김치 종류였다. 비결은 싱싱한 재료에다 양념을 아낌없이 사용하는

데 있었다. 그중 가장 으뜸인 것은 아무래도 엄마가 손수 담근 젓갈과 말린 청각을 빼놓을 수 없을 것이다. 곰삭은 멸치액젓과 건 청각을 넣고 담근 김치는 열 가지도 넘었다. 포기김치·총각김치·깍두기·파김치·보쌈김치·고들빼기김치·오이소박이…….

그런데 엄마가 손수 담은 김치를 한번 먹어 본 손님들이 따로 김치 주문을 해 오기 시작했다. 손님 대부분은 엄마가 담근 김치에서 이상하게도 바다향이 난다고 했다. 식당도 식당이거니와 나중에는 엄마표 김치가 대박이 났다.

행운은 행운을 몰고 왔다. 어떻게 알고 한 방송국에서 사람이 찾아왔고 며칠 뒤 '엄마 손맛'이란 프로그램에 엄마 식당이 소개되기도 했다. 그때 널따란 스테인리스 볼을 앞에 놓고 김치를 버무리고 있는 흉터로 얼룩진 엄마 손이 텔레비전 화면에 나왔다. 흉터로 얼룩진 엄마 손이 처음으로 자랑스럽게 느껴지는 순간이었다. 그날 촬영한 방송이 나간 직후부터 김치 주문 전화가 쇄도하기 시작했다.

오래전부터 엄마 손에는 흉터가 문신처럼 박혀있었다. 그 흉터들은 생긴 모양도 사연도 다 달랐다. 가장 오래된 흉터는 한약방을 하고 있던 할아버지를 돕느라 작두로 약재를 자르다 왼쪽 검지 한 마디가 잘려 나간 자리였다. 다음에는 소에게 먹일 풀을 베다 낫에 베인 흉터를 비롯해 칼로 약재로 사용되는 느릅나무 껍질을 벗기다 생긴 흉터에 이르기까지. 내 기억에 가장 강하게 남아 있는 흉터는 엄마가 강도로부터 아버지를 지켜내려다 생긴 흉터였다.

식당이 대박 났다는 소문을 듣고 칼을 든 강도가 한밤중에 들이닥쳤다. 검은 복면을 한 강도가 아버지 목에 칼을 들이대며 돈을 내놓으라고 위협했다. 그러나 양손이 없는 아버지는 벌벌 떨기만 했다. 당황한 엄마가 돈을 가져오겠다며 밖으로 달려 나갔다. 엄마가 밖에 나간 사이에도 강도는 계속 아버지 목에다 칼을 들이댔고 겁에 질린 아버지는 바지에다 변까지 쌌다.

잠시 후, 돈이 든 봉투라며 검정 비닐봉지를 강도에게 건네주는 척하던 엄마가 갑자기 비닐봉지에 들어있던 고춧가루를 강도 얼굴에 확 뿌렸다. 별안간 눈에 고춧가루가 들어간 강도가 길길이 뛰었다. 강도는 길길이 뛰면서도 손에 쥔 칼은 끝까지 놓지 않았다. 급기야는 양손이 없는 아버지를 향해 칼을 휘두르려 했으나 엄마가 두 손으로 힘껏 아버지를 밀쳤다. 다행히 아버지는 무사할 수 있었으나 강도가 휘두른 칼이 그만 엄마 오른 손등을 긋고 말았다.

순식간에 붉은 피가 뚝뚝 떨어졌다. 피를 보는 순간 내 입에서 비명이 터져 나왔다. 비명에 놀란 강도가 손에 칼을 쥔 채 황급히 달아났다. 그날 밤, 병원 응급실로 실려 간 엄마 손등은 무려 서른일곱 바늘이나 꿰매야 했다. 꿰맨 자국은 알파벳 와이자 모양을 하고 있었다. 그 흉터는 날씨가 추워지면 자주색이 도는 지렁이 한 마리를 올려놓은 듯 보이기도 했다.

도대체 누굴까? 혼자 중얼거렸다.

'도대체 그 손은 누구… 아, 아, 그런 건 나중에 생각해도 돼. 지금은 잠부터 자야겠어.'

나는 소파에 누운 채로 잠이 들어있었다. 얼마가 지났을까. 목이 타는 듯한 갈증에 눈을 뜨게 되었다. 나는 냉장고에 들어있는 생수병을 꺼내 마셨다. 그러고는 리모컨을 눌렀다. 텔레비전 화면은 검은 연기로 덮여 있었다. 조금 지나자 텔레비전 화면에는 차츰 연기가 걷히기 시작했고 불탄 건물 잔해들이 서서히 모습을 드러냈다.

검정 헬멧과 흰 마스크를 쓴 한 젊은 남자가 폭발 사고 장소가 중앙시장이라고 말하는 순간, 내 심장이 내려앉는 듯했다. 식당이 걱정된 내가 막 집을 나서려고 하는데 동훈 오빠한테서 전화가 걸려 왔다.

"폭발 장소가 중앙시장이야. 다행히 식당 골목은 멀쩡해. 엘피지 가스 대리점이 있던 사 층 건물은 불에 타서 폭삭 내려앉아 버렸어. 가스 대리점 양옆으로 들어서 있던 지물포, 건어물 가게, 그릇 가게, 옷 가게, 슈퍼마켓 등은 형체를 알아볼 수 없게 돼 버렸어. 우리가 자주 가던 중앙통에 있던 통닭집 알지? 불은 거기서부터 시작됐나 보더라고."

동훈 오빠는 다시 연락하겠다는 말을 남기고 곧 전화를 끊었다. 동훈 오빠와는 양쪽 엄마끼리 농담 반 진담으로 한 말이 인연이 된 사이였다. 동훈 오빠는 시장 골목 입구에 있는 고향떡집 아들이다. 고향떡집 아주머니는 우리 식당에 들를 때면 매번 엄마한테 사돈 삼자는 말을 농담처럼 하곤 했다. 엄마 역시 농담 반 진담 반으로 대답했다.

"나야 좋지. 호호호."

어느 날 엄마가 고향떡집 아주머니한테 넌지시 물었다.

"동훈이는 제대하면 뭐 할 건가요?"

고향떡집 아주머니가 나와 엄마 얼굴을 번갈아 쳐다보며 말했다.

"내가 삼십 년 넘게 해 온 떡집을 물려줄 생각이야. 그동안 우리 동훈이가 틈틈이 떡 만드는 기술을 익혀왔고 실력도 늘었어. 요즈음 취직하는 것도 쉽지 않지만 취직한다고 하더라도 미래가 보장되는 것도 아니잖아. 우리 동훈이도 마음을 굳힌 것 같아."

속보가 계속 나오고 있는 텔레비전 화면에서 눈을 떼지 못하고 있는데 뉴스를 봤다며 아는 사람 몇이 전화를 걸어와서는 피해는 없느냐고 물어오곤 했다. 또 휴대폰 벨이 울렸다. 이번에도 틀림없이 텔레비전을 보고 안부를 물어온 사람이 분명하다고 생각했는데 아니었다. 코스모스여행사 직원이라고 신분을 밝힌 남자는 목소리를 높인 상태에서 말했다.

"이십 분 안에 도착하지 않으면 이갑례 씨는 크루즈를 탈 수 없을 뿐 아니라 위약금도 물어야 합니다."

남자는 자신의 말만 하곤 전화를 끊어버렸다. 크루즈여행을 간다며 서둘러 집을 나간 엄마가 배를 타지 않았다니 말도 안 되는 소리였다. 문득 남자가 한 말은 내 쪽에서 들었을 땐 말이 안 되는 소리일지 몰라도 남자 쪽에서는 분명 말이 되는 소리를 했을 거란 생각을 하게 되었다.

황급히 안방으로 들어가 문갑 위에 놓인 수첩부터 펼쳐 들었다. 엄마는 중학교까지 다녔는데도 보기 드문 악필이었다. 누가 봐도 손으로 쓴 글씨 같지 않아 보였다. 발로 그린 것처럼 삐뚤빼뚤한 글씨체로 충남철물·고향떡집·반찬가게·가스집·횡성한우…. 내 눈길이 순돌이네 채소가게란 이름 앞에서 멈추었다. 순돌이네 채소가게는 말이 좋아 가게지 비가 오면 비닐로 덮어야 하는 난전이었다. 엄마는 순돌이네 채소가게 아주머니와 죽이 잘 맞는 편이었다. 사실 엄마가 이번 크루즈 여행을 결심하게 된 데에는 순돌이네 채소가게 아주머니 영향도 어느 정도 작용했다.

순돌이네 채소가게로 전화를 했으나 역시 받지 않았다. 횡성한우 아주머니에게 전화해 보았지만 역시 받지 않았다. 마음이 조급해진 나는 오토바이를 타고 시장 골목을 향해 내달렸다.

흙터로 얼룩진 엄마 손은 잠시도 쉴 틈이 없었다. 고향 집에서 살 때는 손에 호미를 들고 밭에 나가서 종일 김을 맸다. 날이 어두워져 집에 돌아와서는 식구들에게 먹일 음식을 만들었고 비가 와서 밭에 나가지 못하는 날에는 밀린 빨래를 일일이 손으로 비벼 빨곤 했다.

엄마 손이 무언가를 다듬고 매만지는 동안 밭에서는 배추와 무, 고추, 고구마, 호박 등이 탐스럽게 자랐고 집안에서는 어린 자식들이 탈 없이 잘 자랐다. 이제 생각해 보니 나 자신이 이십구 년 동안 엄마가 손수 만들어준 밥과 반찬은 말할 것도 없고 엄마 손에 박힌 무수한 흙터까지도 같이 삼켰던 것이었다.

언젠가 엄마가 했던 말이 떠올랐다.

"처녀 때 딱 한 번 손톱에 새빨간 매니큐어를 칠했다가 너희 외할아버지에게 눈물이 쏙 빠지도록 혼이 났었지. 혼만 나고 끝나면 그나마 다행이지. 용돈을 아껴 산 매니큐어를 통째 압수당하고 말았지."

그렇게 말하고 나서 엄마는 희미하게 웃어 보였다. 그때 이후로 엄마는 단 한 차례도 손톱에 매니큐어를 칠해본 적이 없었다고 말했다. 그날 엄마는 처음으로 외갓집의 하숙생 신분이었던 아버지에게 마음을 빼앗기게 된 사연도 들려주었다.

"글쎄, 얼굴도 잘생긴 데다 마음씨까지 착했던 하숙생에게 손을 덥석 잡히는 순간 손이 감전되는 듯했지 뭐니. 호호호"

"아유, 엄마가 아버지를 더 좋아했군."

"솔직히 그런 셈이지. 작두에 손가락이 잘리기 전까지만 해도 내 손은 하얗고 예뻤어. 처음 시집왔을 때 동네 여자들이 내 손가락이 넉잠 잔 누에를 닮았다며 부러워들 했지. 위로 언니 셋과 올케 하나를 둔 탓에 나는 손에 물 한 방울 묻히지 않고 자랐거든."

엄마는 그렇게 말하고 나서 잠시 눈을 지그시 감았다. 한 번도 누에를 본 적이 없는 나로선 흉터로 얼룩져 있는 엄마 손가락이 넉잠 잔 누에를 닮았다는 게 상상이 가지 않았다.

가만히 생각해 보니 내가 어릴 적 하얗고 통통한 엄마 손을 만지면 실크처럼 촉감이 부드러웠던 것 같았다. 게다가 손톱 안쪽에 보이는 하얀 반달 모양은 반달보다 더 반달 같아 보이기까지 했다.

삼 년 전 어느 가을날이었다. 아버지가 오토바이를 타고 시장을 봐오겠다며 급히 집을 나섰다. 아버지가 집을 나간 지 불과 십 분도 안 돼 비보를 전해 듣게 되었다. 때마침 김장철이라 배추와 무를 가득 싣고 좁은 시장 골목으로 들어오고 있던 대형 트럭과 아버지가 타고 가던 오토바이가 정면으로 부딪치고 말았던 것이었다. 머리를 심하게 다친 아버지는 그 자리에서 숨을 거두고 말았다.

장례식 날 엄마는 지질이도 복 없는 사람이라며 흉터 투성이 손으로 아버지 갈고리 손을 부여잡고 통곡했다. 셋방살이 이십 년 만에 처음으로 집을 장만한 지 한 달 만이었다. 나는 아버지가 내 곁을 떠났다는 사실보다 매번 자정이 다 되어서 식당 문을 닫고 집으로 향할 때 흉터로 얼룩진 엄마 손등을 어루만져줄 아버지의 갈고리 손이 없어졌다는 게 더 가슴이 미어져 왔다.

아버지가 돌아가시기 전까지 나는 Y 디자인 회사에서 인턴사원으로 일하고 있었다. 아버지 장례를 치르고 나서부터 회사를 그만두고 식당 일을 돕기 시작했다. 비가 내리던 어느 날이었다. 젊은 사내 둘이 식당 문을 열고 들어왔다. 둘은 창가 쪽에 가서 앉았다. 잠시 후, 엄마가 불판 위에 삼겹살을 올려놓는 순간 옆에 있던 또 다른 한 사내가 말했다.

"지금 그 손으로 삼겹살을 만진 것이야. 시발, 고기 맛이 싹 달아났네."

사내는 그렇게 말하곤 곧장 꽝! 하는 소리가 나도록 문을 닫고 나가버렸다. 이어 금테 안경을 낀 또 다른 사내도 따라 나가버렸다.

'도대체 누구의 손일까.'

오토바이를 타고 시장으로 향하는 내내 검은 연기 속으로 사라져간 그 손이 자꾸만 머릿속에서 떠나질 않았다. 시장 골목으로 들어서는 순간 매캐한 냄새가 목구멍까지 밀고 들어왔다. 계속 기침을 하면서도 나는 연신 주위를 두리번거렸다. 어느 골목이 맞는 거지? 나는 한동안 방향을 찾지 못했다. 완전히 허물어져 버린 건물이며 반쯤 타다만 건물 그리고 지붕이 다 무너져 앙상한 벽체만 남아 있는 건물에 이르기까지 전쟁터가 따로 없었다. 어디가 경남슈퍼이고 어디가 횡성한우고 또 순돌이네 채소가게는 어디인지 도무지 분간이 어려웠다.

내가 순돌이네 아빠와 횡성한우 가게 주인을 만나게 된 것은 시장 골목을 빠져나올 무렵이었다. 맨 처음 마주친 사람은 순돌이 아버지였다. 순돌이 아버지는 눈을 크게 만들고 말했다.

"너희 엄마는 여행을 왜 안 간 겨. 좀 전에 우리 순돌이 엄마가 배에 오르면서 전화가 왔더라고. 너희 엄마가 안 보인다고."

이번에는 하늘을 올려다보며 멍하니 서 있던 충남 철물점 아저씨가 평소보다 낮은 목소리로 말을 했다.

"다친 사람 대부분은 S 병원과 D 병원으로 실려 갔어."

순간 다리가 후들거려 오토바이에 앉아 있기가 어려울 정도였다. S 병원부터 달려가 보았다. S 병원 응급실에는 엄마 모습은 보이지 않았다. 다시 D 병원으로 향했다. D 병원 측에서 내민 일곱 명의 중상자 명단에는 엄마 이름은 없었다. 곧 대기실 벽에 매달린 전광판에 사망자 명단이 나오고 있는 게 보였다. 얼핏 엄마 이름과 비슷해 보이는 이름이 지나간 것도 같았다. 동명이인일 수 있다고 생각했으나 쿵쾅거리는 심장을 억누를 수 없었다. 다시 한번 전광판에서 사망자 명단이 나타났다.

엄마가 있는 곳은 구 층 중환자실이었다. 황급히 엘리베이터 앞으로 달려갔으나 엘리베이터는 19층에서 머물고 있었다. 다급한 마음에 계단으로 뛰어 올라간 후 병실 문을 열고 안으로 뛰어 들어갔다.

"엄마! 엄마!"

내 입에서 튀어나온 비명이 중환자실 공기를 찢어놓았다. 하얀 시트로 덮어놓은 침대 앞에는 '이갑례 67세'라고 적혀있었다.

사망원인은 뇌출혈로 보인다고 병원 측 사람으로 보이는 한 남자가 말했다. 보호자가 나타났으니 이제 시신을 냉동실로 옮겨야 한다고 간호사가 말했다. 곧 마스크를 한 아저씨가 다가오더니 엄마가 누워있는 침대를 밀고 병실 문을 나갔다. 갑자기 다리 관절이 헛도는 것 같았다. 복도를 지나가던 사람들이 하얀 시트로 덮인 침대와 나를 슬픈 눈으로 번갈아 바라보았다.

냉동실이 있는 지하층은 어둡고 무거운 공기로 채워져 있어서 다른 세계처럼 느껴졌다. 냉동실 앞에 도착했을 때 나는 엄마 이름이 적힌 침대 앞에서 몸을 덜덜 떨며 서 있었다. 얼핏 시트 자락이 꿈틀하는 게 보였다. 순간 내 입에서 쇠끼리 부딪치는 소리가 튀어나왔다.

"아저씨! 방금 울 엄마 손이 움직였어요!"

그러나 침대를 밀고 온 아저씨는 무표정한 얼굴을 드러내 보이며 침착한 목소리로 말을 했다.

"이런 경우 종종 가족이 헛것을 보곤 하지요."

나는 미친 듯이 두 팔을 벌려 냉동실 앞을 가로막았다. 그러곤 손에 힘을 주어 시트를 걷어 재꼈다. 곧 엄마 손을 꼭 쥔 채 다시 한번 크게 소리를 질렀다.

"아저씨 제발 의사를 불러줘요. 울 엄마 손이 분명 움직였단 말이에요."

잠시 후, 한 중년 의사가 인턴으로 보이는 젊은 남자를 데리고 나타났다. 침울한 얼굴을 드러내 보이며 의사가 말했다.

"보호자의 안타까운 마음은 잘 알겠는데……."

나는 양팔을 벌려 앞을 가로막으며 큰 소리로 말했다.

"분명 울 엄마 손이 꿈틀하는 걸 내 눈으로 똑똑히 봤다고요. 살아있는 사람을 냉동실에 넣어 꽁꽁 얼려서 죽일 작정인가요. 이러고도 아저씨가 사람을 살리는 의사가 맞아요?"

나는 어디 한번 해 보자는 듯이 분노와 오기에 찬 눈을 하고서 악을 썼다. 마지못해 청진기를 엄마 가슴 여기저기를 대보고 나서 의사가 말했다.

"일단 병실로 옮기고 나서 경과를 지켜봅시다."

마침내 엄마가 누워있는 침대가 2층 병실로 옮겨졌다. 푸른 옷을 입은 남자가 다가오더니 엄마 가슴에 심장박동기를 달았다. 또 다른 인턴이 심장 충격기를 엄마 가슴에다 댔다. 곧 엄마 상체가 풀썩풀썩 침대 위로 솟구쳤다가 가라앉았다가 했다. 하지만 심장박동기 눈금은 여전히 움직이지 않았다.

그때까지 엄마가 누워있는 침대 주위를 에워싸고 있던 사람들은 하나같이 꼼짝도 하지 않았다. 그 모습은 흑백의 정지 화면을 보고 있는 듯했다. 이번에는 인턴이 깍지 낀 손으로 강하게 엄마 가슴을 압박했다 풀기를 반복했다. 하나, 둘, 셋…… 일곱 번째 때였다. 왼쪽에서 머물고 있던 심장박동기 눈금이 서서히 오른쪽으로 이동했다.

별안간 인턴이 소리를 질렀다.

"이갑례 씨, 제 말이 들리시면 눈을 한번 떠보세요."

잠시 후, 엄마가 눈을 뜬 상태는 아니었으나 흉터 투성이의 손만 한 차례 움찔했다. 한참 동안 안개 속으로 헤매고 있는 듯 보이던 엄마가 들리듯 말 듯한 목소리로 말을 했다.

"어떻게 된 거냐?"

그건 내가 묻고 싶은 말이었다.

"내가 트렁크를 끌고 식당에 들러 '내부 수리 중'이라고 쓴 종이를 유리에 붙이고 나서 곧 시장 통로를 빠져나가고 있는데 갑자기 펑 하는 소리를 들은 기억밖에는 없어."

지금 엄마가 하는 말과 구조대원들이 한 말을 종합해 보면 이랬다. 엄마가 트렁크를 끌고 시장 골목을 지나가고 있을 때 별안간 건물이 무너져 내리면서 엄마를 덮친 게 분명해 보였다. 천만다행으로 엄마는 머리가 깨져 서른여섯 바늘을 꿰맨 것과 양 손목뼈에 금이 간 것 말고는 별다른 문제는 없어 보였다.

"꿈속에서 죽은 사람들을 만났어. 참 너희 아버지도 보이더구나. 너희 아버지가 배를 타고 있기에 내가 손을 흔들어 보이며 나도 그 배에 같이 타겠다고 했더니 갈고리 손을 마구 흔들어대며 절대 타지 말라고 하는 것이야."

양 손목에 깁스한 상태라 엄마는 아무것도 할 수 없었다. 의식불명 상태에서 오줌을 싼 건지 엄마가 입고 있는 바지가 축축했다. 나는 한 손으로는 링거 지지대를 끌고 또 다른 한 손으로는 엄마를 부축해 화장실 쪽으로 천천히 걸어갔다. 그날 나는 처음으로 내 손으로 엄마가 입고 있는 바지와 팬티를 벗겼다. 소변만 보겠다던 엄마가 변도 볼 것 같다고 말했다.

내가 휴지를 접어 엄마 엉덩이를 닦아주고 있는데, 머릿속에서 오래된 기억 한 가닥이 떠올랐다.

나는 중 삼 때 수학여행을 갔다 돌아오던 길에 내가 타고 있던 버스가 정지해 있던 대형 화물차를 들이받는 바람에 인대가 늘어나 양손 모두 깁스를 한 적이 있었다. 내 손에 깁스를 풀 때까지 꼬박 한 달 동안 엄마 손은 내 손이 되어주었다. 엄마는 손으로 내게 밥도 떠먹여 주고 교복도 입혀주고 책가방도 들어주었을 뿐만 아니라 심지어는 생리대까지도 처리해주곤 했다.

어느 날 내 가랑이 사이에 생리대를 채우고 있던 엄마 손이 은밀한 곳에 닿게 되는 순간, 나는 "됐어!"라며 야멸차게 소리쳤다. 단지 엄마 손이 내 은밀한 곳에 살짝 스쳤다는 이유만으로 내가 앙탈을 부린 것이었다.

내 손이 엄마 손이 되어 주리라곤 상상도 못 했다. 엄마 엉덩이를 닦느라 내 손이 은밀한 곳에 닿아도 엄마는 나처럼 앙탈을 부리기는커녕 오히려 이렇게 말했다.

"고맙구나."

그 순간 나도 모르게 큰소리로 엄마! 하고 불렀다. 내게 다시 엄마! 라고 부를 수 있게 살아준 엄마가 그렇게 고마울 수가 없었다. 천천히 엄마 곁으로 다가가 흙터로 얼룩진 엄마 손을 꼭 쥐었다. 그때 동훈 오빠한테서 전화가 걸려 왔다. 병실로 오겠다는 말을 하고 나서 동훈 오빠는 곧 전화를 끊었다.

동훈 오빠는 사람을 확 잡아끄는 매력은 없었으나 수더분한 외모와 성실함이 내 마음을 움직였던 것 같았다. 둘 다 특별히 내세울 것도 없지만 그렇다고 못난 것도 아니어서 밀고 당기는 일 없이 만나면 편안한 마음으로 이런저런 대화를 많이 나누며 지내왔다. 그러다 보니 동훈 오빠의 청혼은 사실상 형식적인 절차에 불과했다. 함께하는 시간이 많아지면서 그냥 자연스럽게 결혼해야 하는 분위기로 흘러갔다.

어떻게 알고 왔는지 방송국에서 나온 사진기자들이 한꺼번에 우르르 병실로 몰려왔다. 카메라 플래시가 침대 위에 모로 누운 엄마를 향해 계속 터졌다. 병실 벽면에 걸려있는 텔레비전 화면에는 시신을 보관하는 냉동실 문 앞까지 갔다가 기적적으로 살아나게 된 엄마 이야기가 속보로 나오고 있었다.

나는 속으로 생각했다. 오늘 집에 돌아가면 엄마 손톱에 빨간 매니큐어를 칠해 주어야겠다고.

기이한 인연

기이한 인연

마침내 썬라이즈호가 울릉도 앞바다에 닿았다. 오월 중순인데도 바닷바람은 차가웠다. 제일 먼저 눈에 들어온 풍경은 괭이갈매기들이 너울거리는 파도 위로 힘차게 날갯짓하는 모습이었다. 부둣가는 활기에 차 보였다. 한쪽에서는 어부들이 바다에서 막 잡아 올린 산 오징어를 배에서 내렸고 또 다른 한쪽에서는 산 오징어와 문어 그리고 전복과 멍게 등을 파는 상인과 그것을 사려는 손님 간의 흥정으로 시끌벅적했다.

어디선가 귓가에서 어머니의 목소리가 들려오는 듯했다.

"왜놈들이 말이다. 울릉도 스루메 맛을 보고 환장을 안 했나."

어머니는 스루메는 햇볕에 말린 오징어를 뜻하는 일본말이고 물오징어는 일본말로 이카라고 했던 것 같다. 오늘 나는 친구와 함께 포항신항에서 출발한 썬라이즈호를 타고 울릉도에

왔다. 친구와 부둣가를 걸으면서 오래전 목선을 타고 포항과 울릉도를 오가며 장사했던 어머니 모습을 상상해 보았다.

어머니 나이 겨우 열아홉 살 때 외할아버지는 막내딸인 어머니가 일본군 위안부로 끌려가는 걸 막으려고 시금치 농사를 지으며 어렵게 살아가던 아버지에게 시집보냈다. 어머니보다 일곱 살 많은 아버지는 몸이 허약한 탓에 약을 끼고 살다시피 했다. 얼마 후, 결국 시금치 밭은 남의 손에 넘어가게 되었다. 그때부터 어머니는 하는 수 없이 남의 손에 넘어간 그 시금치 밭에서 시금치를 뽑아 한 단씩 묶는 일을 해야 했다. 그러나 시금치가 나지 않는 계절에는 마땅히 할 일도 없었다.

일제강점기였으므로 마을과 마을을 잇는 다리 공사가 많았다. 다리를 건설하려면 반죽 콘크리트가 필요했다. 반죽 콘크리트를 만들려면 자갈이 필요했기 때문에 마을 앞 냇가에는 자갈을 캐는 사람들로 북적였다. 누구든 호미를 들고 냇가에 누워있는 자갈을 긁어모으기만 하면 어느 정도 돈을 벌 수 있었다. 어머니 역시 새벽부터 밤늦은 시각까지 자갈을 캤다. 그러나 일 년 정도 지나자 자갈은 고갈되고 말았다.

그때부터 어머니는 시장 모퉁이에서 국화꽃 모양을 한 국화빵을 구워 팔기 시작했다. 비가 주룩주룩 내리던 어느 날 길에는 지나가는 사람도 없었다. 어쩌다 한두 사람이 보이긴 했으나 그들은 국화빵에는 관심이 없어 보였다. 맥이 빠진 어머니가 막 장사를 접으려고 할 때였다. 한 중년 신사가 다가오더니 말을 건넸다.

"내가 이 길을 자주 오가다가 보게 되었는데 아주머니는 인상도 참 좋아 보이고 말씀도 조리 있게 잘하시더군요. 혹시 우리 가게에 와서 같이 일하시면 어떨까요? 마침 일하던 아주머니가 몸이 아파서 그만두게 되었거든요."

어머니가 그 중년 신사를 따라간 곳은 시장 중앙통에 있는 한 포목점이었다. 어머니가 포목점에서 맡아 하는 일은 천을 손님이 원하는 만큼 가위로 잘라 파는 것이었다. 그 일은 길가에 앉아서 국화빵을 구워 파는 것에 비하면 훨씬 수월한 편이었으나 주머니에 들어오는 돈은 국화빵을 구워 파는 것보다 별로 나을 것도 없었다.

한번은 비단 가게에 온 손님들이 자기네끼리 하는 얘기를 우연히 듣게 되었다.

"울릉도 사람들은 말이다. 자기네가 배를 타고 육지에 나오지 않으면 구할 수 없는 생필품만 보면 너도나도 할 것 없이 다 반긴다고."

"울릉도 사람들이 돈이 어딨어?"

"응. 다 방법이 있지. 물물 교환을 하는 것이야."

그 말을 듣는 순간 어머니는 귀가 번쩍 뜨였다.

하루는 어머니가 비단 가게에서 일을 마치고 집으로 돌아오던 길에 시장 골목을 돌아다녀 보았다. 울릉도 사람에게 유용하게 쓰일 만한 생필품이 어떤 게 좋을까 해서였다. 몇 차례 시장 골목을 돌아보고 난 어머니는 마침내 용기를 내 보기로 했다.

그때부터 어머니는 당시 울릉도 사람들이 쉽게 구할 수 없던 비단과 고무신, 옷가지, 성냥, 비누, 바늘과 실 등을 배에 신고 울릉도에 들어와 스루메라 불리는 그곳 특산물 마른오징어 그리고 마른미역 등과 바꿔 오는 일을 시작하게 되었다.

어머니가 처음 배를 탔을 때 검푸른 파도가 거인처럼 일어섰다 앉았다가 하는 모습을 본 순간 두렵다는 생각도 없지 않았으나 새로운 세계의 기쁨이 자신의 손아귀에 들어온 듯 가슴은 벅차올랐다. 어렵게 한 차례씩 울릉도를 다녀오기만 하면 적을 때는 세 곱절, 많을 때는 다섯 곱절 정도 이익이 생겼다. 그런 어머니 노력 덕분에 집도 장만하고 남의 손에 넘어간 시금치밭도 되찾을 수 있게 되었다. 삼 년 후, 남의 손에 넘어간 시금치밭을 되찾게 된 순간 엄마는 기쁨에 가슴이 벅차올랐다고 했다. 그러나 벅찬 그 기쁨은 오래가지 않았다.

어느 날 어머니가 타고 있던 배(연락선)가 침몰하는 사고가 발생하고 말았다. 머릿속 생각이 거기까지 미치고 있는데 옆에서 걷고 있던 친구가 말을 걸어왔다.

"우리 이 길을 따라 조금만 더 걸을까?"

친구와 부둣가를 지나 언덕길을 올라갔다. 얼마나 갔을까. 눈앞에 '울릉도박물관'이라고 적어놓은 안내판이 보였다. 안으로 들어가 보았다. 박물관은 말이 박물관이지 아담한 주택을 연상케 할 정도로 공간이 작아 보였다. 벽면에는 빛바랜 흑백 사진이 여러 장 전시돼 있었는데 거기에는 쓰러져가는 너와집과 일제강점기에 일본인이 손수 지었다고 하는 목조 이층집도 보였다. 어느 순간 눈길을 사로잡는 사진 한 장이 있었다. 그것은 누렇게 빛이 바랜 연락선이었다. 별안간 가슴이 떨려오더니 내 입에서 이런 말이 튀어나왔다.

"이게 오래전 어머니가 탔다가 풍랑을 만났다던 바로 그 배구나!"

나는 연락선 사진 앞에서 한동안 눈을 떼지 못했다. 잠시 후, 박물관을 나온 뒤 친구와 언덕길을 내려오다 오른쪽으로 방향을 틀었다. 그 길에는 기념품과 울릉도 특산물인 마른오징어와 미역 등을 파는 상점이 여럿 보였다.

첫 번째 상점 문을 열고 안으로 들어갔다. 그때 붉은 뿔테 안경을 쓴 중년 아주머니가 미소 띤 얼굴을 하고 반겼다. 친구와 나는 똑같이 손부채와 마른오징어를 샀다. 막 문을 열고 나오려는데 친구가 내 어깨를 툭 치며 말했다.

"얘, 오래전 너희 어머니가 타셨다던 그 배에 함께 탄 사람을 한번 찾아보는 게 어때?"

친구의 얼굴을 쳐다보며 내가 말했다.

"그게 언제 적 일인데."

"혹시 또 모르잖아."

그때 아주머니가 붉은색 뿔테 안경 너머로 친구와 나를 쳐다보며 말했다.

"누굴 찾고 싶으신데예?"

어색하게 웃어 보이며 내가 말했다.

"아! 네. 그런데 너무 오래전 일이라… 그때 침몰한 배에 탔던 사람 중에서 혹시 살아 계시는 분이 있을까 해서."

"그건 왜요?"

저희 어머니도 그 배에 타셨거든요."

"아이고 그래예."

눈을 동그랗게 만들며 아주머니가 한발 다가오며 또 말했다.

"나는 잘 모르지만요. 그때 기적적으로 살아난 어르신 한 분이 이웃에 계시긴 해요. 그 어른은 지금도 심심하면 그 얘기만 하신다 아입니까."

벌안간 심장이 빠르게 뛴 탓에 잠시 호흡을 고르고 나서 빨리 그 노인을 만나보고 싶다고 말했다. 곧 아주머니가 어딘가에 전화를 걸고 나더니 환하게 웃는 얼굴을 드러내 보이며 말했다.

"마침 집에 계신다고 하시네예. 저를 따라오이소."

아주머니를 따라간 곳은 목재로 된 낡은 이 층집이었다. 처음 현관문을 열고 들어섰을 때 머리가 하얀 노인이 소파에 앉아 있었다. 노인이 손으로 옆 의자를 가리키며 앉으라고 했다. 급히 엉덩이를 의자에 밀어 넣으며 내가 말했다.

"어디서부터 말씀을 드려야 할지. 어릴 적 어머니로부터 장사하느라 포항과 울릉도를 자주 오갔다는 말과 한 번은 해일을 만나 죽음 직전까지 갔다가 기적적으로 살아났다는 이야기를 수없이 많이…."

내가 하는 말에 귀를 기울이며 듣고 있던 노인이 입가에 엷은 미소를 지으며 말했다.

"참으로 기이한 인연을 만났군요. 몇 년 전만 해도 그때 함께 살아난 사람이 몇 있었는데 다들 죽고 이젠 나밖에 없어요. 내 나이 여든여덟이니 그럴 만도 하지요. 허허허."

"선생님께서는 연세에 비해 상당히 젊어 보이세요."

내 말이 끝나자 노인이 말했다.

"그렇게 보인다니 기분은 좋군요. 허허허. 그런데 우리 시원

한 바닷가에나 가서 오징어 회라도 한 접시 먹으면서 차근차근 얘기를 나누는 게 좋을 것 같은데."

"저야 감사하지요."

나는 어머니가 이따금 자신이 겪은 선박 사고 이야기를 할 때면 워낙 대형 사고라서 어떤 형태로든 기사 형식으로 남아 있었을 텐데 하는 의아함이 들기도 했다. 그런데 오늘 우연히 오래전 어머니가 탔던 그 배에 자신도 탔다고 하는 노인을 만나게 된 것이다.

노인과 바닷가를 따라 이어지는 길을 걸었다. 길은 좁은 데다 꼬불꼬불하기까지 했다. 바닷바람이 불어오자 내 머리에 쓰고 있던 챙모자가 벗겨져 날렸다. 하마터면 푸른 물이 넘실거리는 바다에 빠질 뻔했던 모자를 노인이 지팡이로 잽싸게 낚아챘다. 순간 노인도 웃고 나도 웃었다.

왼쪽에는 바닷물이 넘실거렸고 오른쪽 울퉁불퉁한 암벽이 성벽처럼 둘러쳐져 있는 길가에는 울긋불긋한 포장마차가 줄지어 있었다. 두어 발짝 앞에서 걷고 있던 노인이 잠깐 멈춰 서서 말했다.

"난 여기가 좋을 것 같은데…."

"네. 저도 좋아요."

포장마차 안으로 들어서자 조개 굽는 냄새와 멍게 향이 코를 자극해 왔다. 대형 수족관 안에는 힘차게 헤엄치는 오징어와 광어 그리고 전복을 비롯한 갖가지 조개가 눈길을 끌었다. 커다란 주머니가 달린 감색 앞치마를 허리에 두른 아주머니가 달려와서는 노인과 나를 푸른 바다가 바라보이는 자리로 안내했다. 포장마차 안에는 노인과 나 말고도 손님이 십여 명 넘게 앉아 있었다.

노인은 자리에 앉자마자 오징어 회부터 주문했다. 곧 아주머니가 그물 바가지를 들고 와서는 빠르게 도망치는 오징어보다 더 빠른 동작으로 오징어를 낚아챘다. 잠시 후, 오징어 회가 담긴 접시가 탁자 위에 올려졌다. 오징어 회는 투명한 기름을 발라놓은 듯 윤기가 흘렀다.

노인을 쳐다보며 내가 말했다.

"소주 한 병은 시켜야겠지요?"

내 말이 끝나기도 전에 노인이 손을 내저으며 말했다.

"술을 끊은 지 이십 년도 더 됐어요. 그쪽이 드시려면 시키세요. 난 사이다 한 병이면 됩니다."

"여기 사이다 한 병 주세요."

파도 소리 때문에 아주머니가 내 목소리를 듣지 못한 모양이었다. 이번에는 내가 목소리를 조금 높여 말을 했다.

"여기요!"

그때야 아주머니가 물기 묻은 손을 감색 앞치마에 닦으며 달려왔다. 거품이 뽀글거리는 사이다 잔을 단숨에 들이켜고 나서 노인이 말을 하기 시작했다.

"나는 그때 스물두 살의 대학생 신분이었어요."

의아해하는 표정을 하고 내가 물었다.

"그럼 당시에도 포항에 대학교가 있었나 보네요?"

"그때는 포항 수산 초급대학이었어요."

"졸업 후엔 무슨 일을…?"

"포항 해무청에서 근무했지요."

"그 시절에 선생님께서는 보기 드문 인텔리셨군요."

내 말을 듣고 엷게 웃어 보이며 노인이 다시 말을 이어갔다.

"그날 나는 친구가 자신이 사귀던 애인이 다른 남자와 약혼했다는 소문을 듣고 배신감에 괴로워했기 때문에 그 친구를 위로해 주느라 함께 어울려 술을 마시고 나서 그 배에 오르게 됐지요. 술이 몹시 취한 상태라 배에 오르자마자 그만 잠이 들었던가 봅니다. 잠결인지 꿈결인지 비명이 들려왔고, 그 바람에 눈이 번쩍 뜨였어요. 산더미 같은 파도가 배를 덮쳤어요. 사람들의 비명과 거센 파도 소리가 뒤섞여 정신이 하나도 없었어요. 장가도 못 가보고 이대로 죽는구나! 생각하니 부모님 얼굴이 눈앞에서 왔다가 갔다가 하더군요. 허허허."

노인이 껄껄 소리 내 웃고 나서 다시 말했다.

"아무래도 술 한잔해야겠는데요. 허허허."

나는 곧 소주 한 병을 주문했다.

소주잔을 단숨에 비운 노인이 잠시 눈을 감았다가 떴다. 그러고는 곧 66년 전에 겪은 일을 어제 일인 양 또렷하게 기억의 보따리를 풀어놓기 시작했다.

"사고가 난 시각은 새벽이었어요. 당시 부산과 울릉도를 오가던 목련호는 중간에 포항항, 강구항, 대진항, 죽변항 등을 경유했어요. 언제나 그랬듯이 그날도 맨 꼭대기 일등실은 권력 있고 돈 있는 일본인이 다 차지했지요. 가운데 이등실은 평범한 일본인이나 주머니 사정이 괜찮은 지역 유지들이 탔지요. 맨 아래 삼등실은 일, 이등실에 비해 어둡고 퀴퀴한 냄새까지 났어요. 그러다 보니 주로 보따리 상인이나 가난한 섬사람이 이용했지요. 나 역시 대학생 신분이다 보니 주머니 사정이 넉넉지 못한 탓에 삼등실을 이용할 수밖에 없었지요. 혹시 비어 있는 자리가 있을까 해서 이등실을 기웃거리며 왔다가 갔다가 했어요. 그러느라 배가 침몰하기 직전까지 모든 과정을 두 눈으로 똑똑히 볼 수밖에 없었어요. 배가 포항항에서 출발할 때만 해도 빗방울이 조금씩 떨어지긴 했어도 바람은 거세진 않았어요. 하지만 대진항으로 막 들어서려는 순간 서슬이 퍼런 바다 위로 불어오는 바람이 심상치가 않았어요. 바다가 강풍과 만나면서 수없이 구겨지고 부서지면서 허연 거품을 토해냈어요. 조금 지나자 배는 술 취한 사람처럼 중심을 잃고 비틀거리기 시작했어요."

노인이 잠시 숨을 고르고 나서 다시 말을 이어갔다.

"어느 순간 승객들 몸이 적군을 향해 돌진하는 말 잔등에 탄 것처럼 격렬하게 흔들렸어요. 뱃머리가 암초처럼 수면 아래로 잠겼고 순간, 그 위로 높은 파도가 넘나들었어요. 누군가가 해일이 밀려온다! 해일이다! 하고 외쳤지만 거친 파도 소리 탓에 배 안에까진 들려오지 않았어요. 폭우가 쏟아지는 밤하늘에는 별빛 하나 보이지 않았어요. 등대며 부두 어디에도 마찬가지였어요. 세상이 온통 암흑천지 같았어요. 일제가 미국 폭격기인 B29의 공습 표적이 되는 것을 염려해 모든 시설물에 등화관제를 실시했기 때문이었지요."

"저, 등화관제가……?"

"아, 참. 그 세대는 잘 모르겠군요. 등화관제란 당시와 같은 전시엔 관청시설이든 군사시설이든 등불을 통제하고 가정에서도 촛불이나 등불 사용을 제한하는 것을 말해요. 왜냐하면, 적에게 이쪽 상황이 노출되는 것을 막고 또 야간공습이나 폭격의 목표가 되는 것을 방지하기 위한 목적이 있었거든요."

고개를 끄덕여 보이며 내가 말했다.

"네. 무슨 뜻인지 잘 알겠습니다."

"산더미 같은 파도가 갑판 옆구리를 치고 들어왔을 때 선체는 마치 공포에 부들부들 떠는 듯 보였어요. 바다는 점점 미쳐만 갔어요. 홰를 치며 일어선 바다가 일제히 뭍을 향해 달려갔다가 돌아오기를 수없이 반복했어요. 울릉도에서 태어나고 자란 내가 포항에 있는 대학에 다니느라 자주 배를 타 보았지만 그런 경우는 처음이었어요. 배가 가까스로 대진항에 입항하려고 하는 순간 캄캄한 부두에서 정박을 막는 신호로 노로시를 마구 흔들어대는 모습이 목격됐어요."

고개를 갸웃하다 내가 또 물었다.

"저, 노로시가?"

"아, 미안합니다. 나도 모르게 자꾸 일본말을 써서. 이제부터는 횃불이라고 할게요."

"덕분에 일본어 한 가지를 또 배우게 됐는걸요. 호호호."

"그렇다면 다행입니다만. 허허허."

노인이 손으로 오징어 회가 담긴 접시를 가리키며 말했다.

"어서 드세요. 바다에서 막 잡아 올린 녀석들이라 육지에서는 맛볼 수 없는 맛일 겁니다."

"싱싱해서 그런지 오징어에서 단맛이 느껴지네요."

내 말이 끝나자 노인이 다시 말을 이어갔다.

"그 순간에는 아마 누가 선장이었어도 죽을힘을 다해 뱃머리를 돌리지 않으면 안 되었을 겁니다. 거대한 파도가 선체 지붕 위를 덮치는 순간 돛 하나가 부러지고 말았어요. 부러진 돛은 와글거리는 파도 사이에서 한참을 앞뒤로 흔들리다 어느 순간 눈앞에서 사라져 버렸어요. 남은 돛 하나마저 언제 부러지게 될지 모르는 상황이었지요. 그때 갑판으로 나간 한 선원이 바닷물을 그대로 뒤집어쓴 채 쌓아놓은 짐짝을 손에 잡히는 대로 죄다 바다에 처넣었어요. 그 광경을 지켜보고 있던 승객은 하나같이 결국 올 것이 왔구나! 하는 판단에 몸을 벌벌 떨 수밖에 없었어요."

"당시 저희 어머니도 삼등실에 탔다고 들었던 것 같아요."

갑자기 노인이 동공을 커다랗게 만들며 말을 했다.

"그렇다면 댁의 어머니와 내가 똑같이 삼등실에 타고 있었다는 말인데……."

"선생님 말씀대로 참으로 기이한 인연인 것 같습니다."

"기이한 인연도 이런 기이한 인연은 없을 겁니다. 허허허."

노인이 흥분되었던지 혀로 입술에 침을 바르고 나서 말을 이어갔다.

"맨 처음 비명이 터져 나온 곳이 삼등실이었어요. 바닷물이 선실 안으로 조금씩 들어올 때만 해도 선원 한 사람이 무표정한 얼굴을 하고 깡통으로 물을 퍼내기 시작했어요. 물이 발목을 지나 무릎까지 차오르자 갑자기 물을 퍼내던 선원이 온데간데없이 사라져 버렸어요. 그러자 처음에는 공포에 질린 승객이 옆 사람을 부둥켜안고 서로 의지하는 것 같았어요. 막상 목숨이 위태로워진 상황에 이르게 되자 누가 먼저랄 것도 없이 잡았던 손을 죄다 뿌리쳐버렸어요."

어두운 표정을 지어 보이며 내가 말했다.

"정말 전쟁터가 따로 없군…."

노인은 자신이 하는 이야기에 취한 듯 내 말까지 자르며 말을 이어갔다.

"순식간에 삼등실에 물이 허리까지 차오르는 거였어요. 순간 당황한 사람들이 이등실로 향하는 사다리 쪽으로 몰려갔어요. 서로 잡아당기다 옷이 찢겨지고 살점이 뜯긴 쪽에서 아우성을 쳤지만 돌아보는 사람이 없었어요. 이미 사람들은 사람이기를 포기한 상태였어요. 그 순간은 일본인의 거드름도, 지역 유지의 체통도, 섬사람의 순박함도 찾아볼 수가 없었어요. 오로지 자신부터 살아야겠다는 생각밖에 없었으니까요. 격렬한 몸싸움 끝에 옷고름이 찢긴 젊은 여자는 젖가슴이 허옇게 드러나 있었고 사다리 끝에 매달린 남자는 물에 젖어 두루뭉술한 한복 바지가 흘러내려 걷기가 불편해지자 아예 바지를 훌러덩 벗어버렸어요. 하지만 누구도 여자의 젖가슴이나 벌거벗은 남자의 아랫도리에는 눈길 한번 보내지 않았어요. 오직 자신부터 살아야겠다는 생각밖에 없었으니까요. 아무래도 싸움판에는 연약한 여자에 비해 힘센 남자 쪽이 유리했지요. 상대적으로 힘이 약한 노인과 아녀자들은 아무 다리나 붙들고 매달리다가 발길질에 채여 물이 넘실거리는 3등실 바닥으로 떨어지고 말았어요."

노인이 잠시 하던 말을 멈추고 나더니 손으로 오징어 회를 가리키며 어서 먹으라는 신호를 또 한 차례 했다. 하지만 나는 오징어 회보다 노인의 이야기에 더 구미가 당겼다. 손수 소주 한 잔을 따라 마시고 나서 노인이 다시 말을 이어갔다.

"참, 이상도 하지요. 그 상황에서도 몹시 허기가 느껴지더군요. 언제 죽을지도 모른다는 불안감보다 허기를 참는 일이 더 고통스러웠어요."

순간 나도 한마디 거들었다.

"그것이 살아있는 모든 생명체의 본능이잖아요."

"맞아요. 허허허."

호탕하게 웃고 나서 노인이 오징어 회 한 젓가락을 입안에 넣고 천천히 씹기 시작했다.

"치아가 건강하신가 봅니다."

"앞니만 틀니지 어금니는 튼튼합니다. 선친의 좋은 유전자를 물려받았지요. 허허허."

"여러모로 선생님은 참 복이 많으신 분 같습니다."

"예. 나도 그렇게 생각합니다. 여태 병원에 가본 적은 없으니까요. 허허허."

잠깐 화장실에 다녀온 노인이 나를 쳐다보며 말했다.

"내가 어디까지 얘기했지요?"

"배가 몹시 고파……."

"맞다. 그랬지요. 그때 눈앞에는 내용물을 알 수 없는 짐짝들이 미쳐서 날뛰고 있는 바다 위로 떠다녔고 얼핏 짐짝 사이로 둥둥 떠다니는 새빨간 사과가 눈에 들어왔어요. 앞으로 얼마를 버틸지도 모르는 상황에서 허기를 채우려고 사과 두 개를 건져 올려서는 와작와작 깨물어 먹었어요. 그때 옆에 있던 친구가 함께 배에서 뛰어내리자고 말했으나 나는 고개를 저었어요. 망망대해에 뛰어내린다고 한들 살아날 가망이 없어 보였기 때문이지요. 어차피 죽을 바에야 부모님이 당신 자식 시체라도 찾을 수 있게 배 안에 있다가 죽는 게 낫겠다고 판단했지요."

노인이 아련한 눈빛으로 한동안 바다를 바라보다 다시 말을 이어갔다.

"어느 순간 정신이 확 들더군요. 눈앞에서 꿈같은 일이 벌어졌기 때문이지요. 해일의 반동으로 선체 끄트머리가 뭍에 닿을 듯 말 듯하다가 또다시 멀어지곤 하는 거였어요. 그때 친구가 "이 정도의 거리라면 얼마든지 헤엄쳐 뭍으로 올라갈 수 있어." 하고 말했으나 나는 영 자신이 없었어요. 어느새 친구는 겉옷을 벗어버리고 팬티 바람에 밧줄을 잡고 뛰어내릴 자세를 취하고 있었어요. 그 모습을 지켜본 승객은 박수를 보내기보다는 숨을 죽이고 바라만 보고 있었어요. 내가 한사코 말렸으나 친구는 기어이 밧줄을 잡고 뛰어내리고 말았어요."

순간 내 입에서 가느다란 비명이 나왔다.

'아!'

"마침내 바다에 떨어진 친구는 한동안 파도와 격렬한 싸움을 벌였어요. 하필이면 그때 상어 한 마리가 나타났어요. 섬뜩한 광경에 승객들 안색이 죽은 사람인 양 입술이 파랗게 보였어요. 그런데 순식간에 상어의 모습이 사라졌어요. 상어가 있던 그 자리에는 허연 거품 속에서 친구의 까만 머리가 잠깐 보였다가 사라지곤 하는 거였어요. 잠시 후, 상어가 대가리를 불쑥 내민 동시에 친구 모습은 사라지고 말았어요. 친구와 상어는 마치 숨바꼭질을 하는 것처럼 보였다가 사라졌다가 하는 거였어요. 곧 친구와 상어가 파도에 떠밀리면서 간격이 좁혀지기 시작했어요."

그때 다그치듯 내 입에서 말이 파편처럼 튀어나왔다.

"그래서요?"

"마침내 친구는 뭍으로 오른 뒤 곧 총알같이 시내 방향으로 달려갔어요. 그때 누군가 죽변이다! 하고 외쳤어요. 광란의 바다도 지쳤던지 차츰 안정을 되찾아가는 듯했으나 바람은 여전히 방향 없이 불었어요. 시월의 동해는 해상전투를 막 끝낸 것처럼 죽고 부서져서 물에 떠다니는 시체와 쓰레기에 뒤덮여 있었어요."

거기까지 듣다 보니 나는 왜 노인이 기회만 되면 주위 사람들을 붙잡고 수십 년 전에 있었던 목련호 침몰 당시 이야기를 할 수밖에 없었는지를 이해할 것 같았다. 연세는 들었어도 어딘가 모르게 지적인 분위기가 물씬 풍겨나는 노인의 품격은 대화하는 과정에서도 드러났다. 나는 노인을 위로하는 뜻에서 한마디 거들었다.

"선생님은 참으로 기억력이 좋으십니다. 66년 전 일을 마치 어제 겪은 일인 양 훤히 기억하고 계시니."

"어떻게 그 일을 잊을 수가 있겠어요? 아마도 죽기 전에는 잊지 못할 겁니다."

세 번째 잔을 비우고 나서 노인이 다시 말을 하기 시작했다.

"어느새 목련호는 죽변항을 표류하고 있었어요. 희생자는 일등실과 삼등실에서 가장 많이 발생한 것에 비해 이등실은 그나마 피해가 적었어요. 일등실은 거센 파도가 한 차례 때리는 순간 문짝이 떨어져 바다에 빠졌어요. 배가 한쪽으로 기운 순간 승객이 한꺼번에 호랑이 아가리처럼 뻥 뚫린 창으로 튕겨 나갔어요. 눈으로 보고도 그 광경이 현실 같지 않았어요. 연락선은 거대한 쓰레기 더미를 쏟아버리듯 일등실에 있던 승객을 모조리 바다에 밀어 넣어버리곤 또다시 몸을 비틀거렸어요. 그때 삼등실 안에는 이미 죽은 사람의 시신이 폐사된 물고기 떼처럼 둥둥 떠다녔어요."

노인의 이야기를 듣고 있는 내내 나는 전율로 몸을 떨어야 했다. 당시 아비규환 속에서 처절하게 몸부림쳤을 어머니를 생각하니 새삼 가슴이 미어져 왔다. 더군다나 승객 중 절반가량은 목숨을 잃었거나 살았다고 하더라도 성한 사람이 없었다고 하는 말을 들었을 때는 진저리까지 쳐졌다. 그때의 악몽이 되살아났던지 노인 얼굴 근육이 눈에 띄게 굳어져 있는 듯했다.

나는 의문이 생겼다. 노인 말에 따르면 당시 어머니 나이 겨우 스물아홉 살이었다. 그렇게 젊은 어머니가 그 배를 타고 포항에서 울릉도로 오갔다는 사실이 믿어지지 않았다.

나는 고개를 갸웃하다 의문을 제기하게 됐다.

"선생님, 어쩌면 우리 어머니가 탄 배는 그 목련호가 아닐 수도 있겠는데요."

노인이 머리를 절레절레 흔들고 나서 다시 힘주어 말했다.

"일제강점기가 시작될 때부터 지금까지 근 백 년 동안 그 목련호 외에는 동해에서 일어난 대형 선박사고는 단 한 건도 없었어요."

노인의 이야기를 계속 듣다 보니 문득 머릿속에서 언젠가 읽었던 난파선 이야기를 떠올리게 했다. 아니, 어쩌면 난파선 이야기 이상으로 충격적이었다.

자라면서 어머니에게 수없이 들은 이야기를 요약하면 대충 이랬다.

처음 삼등실 바닥이 기울어졌을 때 어머니가 벽을 잡고 일어서려 했으나 어느새 물이 허리까지 차올랐다. 망연자실한 상태에 있던 승객 중에는 비명을 지르는 사람도 있었으나 어! 소리 한번 내지 못하고 바위처럼 굳어져 버린 사람도 있었다. 그러나 어머니만은 달랐다. 어머니는 인당수에 몸을 던지는 심청이 심정으로 눈을 딱 감고 담담하게 죽음을 받아들일 결심을 했다. 그런데 별안간 어머니 귓전에서 어린 자식 5남매가 엄마! 하고 부르는 떼창 소리와 아버지 통곡 소리까지 같이 들려왔다. 순간 어머니는 자식들 이름을 부르며 미친 듯이 이등실로 올라가려고 했으나 통로 쪽은 몰려든 사람으로 성벽처럼 둘러쳐져 있었다.

그때 삼등실에 스며든 바닷물은 이미 가슴을 지나 목까지 차올랐다. 방금 눈앞에서 보이던 사람이었는데 순식간에 몸통은 간 곳 없고 까만 머리통만 슬로비디오 화면에 나오는 사람처럼 느린 동작으로 물 위를 돌아다녔다.

갑자기 한 젊은 사내가 나타나서 뒤엉켜 있는 사람을 한꺼번에 물속으로 밀쳐버렸다. 곧 사내는 아내로 보이는 만삭 임산부를 등에 업고는 계단을 뛰어올랐다. 물속에서 허우적거리고 있던 어머니는 안간힘을 다해 사내 뒤를 따라갔다. 층계를 오를 때는 사내 등에 업혀있는 임산부 다리 하나를 들어줘고는 기어이 이등실까지 오를 수 있게 되었다. 남자는 체력이 고갈되었던지 산통을 호소하는 아내를 이 층 바닥에 내려놓더니 곧 벌러덩 드러누워 버렸다. 지칠 대로 지친 승객은 하나같이 제정신이 아니었다. 고통을 호소하는 산모를 목전에 두고도 눈을 감아 버렸다.

갑자기 임산부가 다리를 벌리더니 곧 힘을 주기 시작했다. 그 순간 산모에게 달려간 사람은 어머니였다. 임산부 손을 꼭 잡아주며 어머니가 소리쳤다.

"조금만 힘을 줘요. 조금만 더, 더, 더…."

잠시 후, 공포와 아비규환 속에서 까만 머리가 산모 자궁 밖으로 밀고 나왔다. 사내아이였다. 아기의 울음소리가 어찌나 컸던지 파도 소리를 집어삼킬 정도였다. 얼굴은 동그랗고 머리카락은 제법 자라있었다. 선체 안에 있던 물건이란 물건은 죄다 젖어있어서 아기 몸을 닦아줄 만한 건 아무것도 없었다. 어머니는 자신이 머리에 쓰고 있던 수건으로 아기 몸을 닦아주었다. 그때 누군가가 자신이 입고 있던 웃옷을 벗어 아기 알몸을 감싸주었다. 곧 울음을 그친 아기는 까만 눈동자를 굴리며 가만히 있었다. 지금 자신이 얼마나 위험한 상황에 놓여 있는지에 대해 알지 못한 채.

노인이 잠시 숨을 길게 쉬고 나서 또 말했다.

"모녀분이 닮았다면 댁의 어머니도 상당히 미인이셨겠는데요."

"저보다는 어머니가 훨씬 미인이셨지요."

노인의 이야기는 다시 이어졌다.

"폭풍이 몰아친 다음 날 아침에 보았던 죽변항의 광경을 잊을 수가 없어요. 그날 죽변항은 온통 바다에서 건져 올린 시신으로 뒤덮였어요. 사지가 멀쩡한 시신이라도 물에 퉁퉁 부으면 식별이 어려운 법인데 머리가 잘려 나간 시신, 다리가 잘린 시신, 귀가 떨어져 나간 시신…. 죽은 사람의 수가 많다 보니 시신마다 특징도 다양했어요. 육 손을 가진 시신, 목 뒤에 혹이 달린 시신, 입이 돌아간 시신, 손가락이 잘린 시신…. 그 시신들은 자신이 살았을 때는 그런 신체적 특징이 흠이 되었을지 몰라도 죽은 다음에는 다른 시신에 비해 가족 품으로 빨리 돌아갈 수 있었으니 불행 중 다행이었지요. 뒤늦게 소식을 듣고 달려온 중년 여인이 아들 시신을 끌어안고 통곡하다 실신해서 손수레에 실려 가는 광경도 목격됐어요. 인간의 운명은 시신이 된 이후에도 희비가 갈리더군요. 한 젊은 여인은 머리가 잘린 시체 앞에서 땅을 치고 통곡했어요. 여인의 오빠인 듯 보이는 남자가 다가와서는 아직 신원도 확인되지 않았는데 미리부터 울면 어떻게 하느냐며 나무라더군요. 그러자 여인이 느닷없이 시신의 바지를 내리곤 사타구니에 난 화상 자국을 가리키며 자신의 남편이 틀림없다고 말했어요."

순간 내 입에서 또다시 가느다란 비명이 나왔다.

'아!'

"부부가 함께 살아난 경우는 드물었는데 부부로 보이는 한 쌍이 서로 밀고 당기는 모습이 눈에 띄었어요. 아내로 보이는 여자가 울면서 말했어요. '삼등실에 물이 차올랐을 때 남편이 먼저 이 층으로 올라가는 층계에 올랐고 내가 남편 다리를 붙잡고 매달렸으나 남편은 돌아보지도 않은 채 발길질부터 했어요. 순식간에 바닥으로 나가떨어진 나는 물속에서 허우적거리다 간신히 살아나게 되었어요. 목숨이 위태로운 상황에서 혼자만 살겠다고 아내를 발로 차버린 몰인정한 인간과는 더 이상 살 수가 없어요.' 그때 남편이 이렇게 말하더군요. '위급한 상황에서 한 행동이니 용서해 줘.' 그러나 부부는 끝내 등을 돌려 각자의 길을 가고 말더군요."

나는 마치 한 편의 공포영화를 보고 있는 듯했다. 긴 이야기를 하느라 갈증을 느꼈던지 노인이 단숨에 마지막 소주잔을 비웠다. 내가 보기엔 노인은 소주를 마시는 것이 아니라 66년 전의 아픈 기억을 삼키는 듯 보였다.

노인이 잠깐 시선을 바다 쪽으로 주고 나서 다시 말을 이어갔다.

"한참이 지나자 경찰차와 불자동차가 요란한 싸이렌을 울리며 꼬리에 꼬리를 물고 나타났어요. 군인과 순경 그리고 일본 헌병이 일제히 차에서 내려 선체 쪽을 향해 달려왔고 이내 비상경계를 알리는 붉은 깃발이 펄럭였어요. 시간이 지날수록 시체들이 줄을 지어 길게 누워있었고 구경꾼과 사고 소식을 전해 듣고 달려온 가족 등으로 부둣가는 전쟁터를 방불케 했어요."

잠시 침묵이 흐르다 노인이 다시 말을 이어갔다.

"정원 250명의 신원은 모두 밝혀졌으나 선장한테 돈을 찔러주고 불법 승선권을 산 사람 신원은 파악할 길이 없었어요. 당시 선장은 정원 외 불법으로 승객을 태울 때는 당장 호주머니가 두둑해져 좋았을지는 몰라도 막상 시신을 못 찾고 이리 뛰고 저리 뛰는 가족 모습을 보게 되자 자신도 바다에 몸을 던지고 싶은 심정이라며 괴로워하다 끝내 선실 안에서 목을 맨 채 발견되고 말았어요.

비록 생존자라 할지라도 성한 사람은 찾아볼 수 없을 정도였어요. 코뼈가 부러진 사람, 한 쪽 귀가 떨어져 나간 사람, 발목을 삔 사람, 어깨가 빠진 사람… 생존자들은 임시 수용소에 마련된 움막에서 담요를 뒤집어쓰고 따뜻한 물을 얻어 마시며 몸을 녹였어요. 몸이 따뜻해지자 눈빛이 착 가라앉은 사람이 있는 반면에 더러는 복통과 설사로 고통을 호소하는 사람도 여럿 보였어요. 그중에서 이질에 걸려 혈변을 줄줄 흘리는 남자가 가장 먼저 경찰차에 실려 병원으로 갔어요. 곧이어 또 다른 경찰차가 달려와서는 아기와 산모를 차에 태우고 어딘가를 향해 달려갔고요…."

불현듯 귓가에서 무슨 소리가 들려왔다. 파도 소리였다. 여태껏 나는 파도 소리도 못 들을 만큼 노인이 하는 이야기에 넋을 잃고 있었던 것이었다.

나는 오늘 보았다. 아직도 가끔 악몽을 꿀 때가 있다고 말하는 노인 눈에서 66년 전 가슴에 남아 있는 그날의 상흔을.

노인과 헤어지고 나서 너울거리는 바다를 바라보며 나는 조금 울먹였던 것 같다. 바다가 춤을 추면서 철썩, 철썩 소리를 냈다. 그 소리는 왠지 내 귀에는 울릉도 바다가 우는 소리 아니, 66년 년 전 자식들 이름을 소리쳐 불렀을 어머니의 목소리처럼 들려왔다. 바다를 향해 엄마! 하고 소리쳐 불러보고 싶었다. 그러나 주위에는 사람이 너무 많았다.

삼 년 전에 세상을 떠난 어머니 역시 살았을 때는 노인과 똑같이 배를 타고 포항과 울릉도를 다니며 장사했던 이야기며 또 어느 날 배를 타고 가다 기적적으로 살아난 이야기를 입에 달고 살았다.

그날 밤 나는 잠을 이루지 못했다. 자꾸만 머릿속에서 노인이 하던 이야기가 떠올랐기 때문이었다. 이튿날 아침이 밝아왔다.

포항으로 돌아갈 썬라이즈호를 탈 시간까지는 아직 좀 여유가 있었다. 잠시 부둣가를 따라 걸었다. 66년 전, 이런저런 물건을 배에 싣고 울릉도에 들어와 스루메와 미역과 물물 교환을 하느라 수없이 걸었을 이 길 어딘가엔 어머니의 18문 고무신 자국이 박혀 있을 것만 같았다.

나는 오늘 썬라이즈호를 타고 포항으로 돌아가면 제일 먼저 어머니 산소부터 찾을 생각이다. 산소 앞에 울릉도 스루메를 안주로 술 한 잔을 올려놓고 66년 전에 어머니가 탔다가 기적적으로 살아난 그 배에 탔다는 노인과 만난 이야기도 함께 전할 생각이다.

어느새 포항신항↔울릉도란 글자가 적힌 빨간 띠를 허리에 두른 썬라이즈호가 뱃머리를 포항항 쪽으로 돌리고 있는 게 보였다.

한련꽃이 피어 있는 언덕

한련꽃이 피어 있는 언덕

"아! 여기가 어디지?"

눈앞에 나타난 갯벌을 본 순간 입에서 튀어나온 소리였다. 아마도 내가 좀 전에 일행과 함께 자전거를 타고 신나게 달리다가 갑자기 넘어지는 바람에 잠깐 정신을 잃었던 것 같다. 별안간 비릿한 갯내가 코로 들어오고 등에서도 서늘한 기운이 느껴졌다.

눈에 이물질이 들어갔는지 물체가 선명하게 보이지 않았다. 그러나 귓가에는 제법 소란스러운 소리가 들려왔다. 멀리서 자동차 경적 울리는 소리가 들려오고 가까이에서는 갈매기 우는 소리, 돌에 비 떨어지는 소리도 같이 들려왔다. 갯벌에 빠진 다리를 빼내려다가 주저앉고 말았다. 갯벌이 물귀신처럼 내 다리를 붙들고 놓아주지 않았던 것이었다. 게다가 날카로운 무엇으로 아랫배를 찌르는 듯한 통증까지 보태고 있었다. 흐릿한 눈으로 주위를 둘러보았다. 널따랗게 펼쳐진 갯벌만 보일 뿐 사람의 모습은 보이지 않았다.

가까스로 몸을 일으켜 세우곤 눈을 두리번거리며 자전거부터 찾았다. 저민치 바퀴 하나가 하늘을 향하고 있는 자전거가 눈에 들어왔다. 발이 푹푹 빠지는 갯벌을 어기적어기적 걸어가서 진흙을 잔뜩 뒤집어쓰고 있는 자전거를 끌어내려 했지만 꼼짝도 하지 않았다. 자세히 보니 핸들바가 떨어져 나간 것이었다. 급히 휴대폰을 찾았다. 이 상황을 빨리 종주에게 알려야 했기 때문이었다. 하지만 휴대폰은 머드팩을 칠한 것처럼 진흙을 잔뜩 뒤집어쓰고 있었다. 버튼을 눌러보았으나 아무 소리도 나지 않았다. 순간 불안감이 목구멍으로 밀고 들어왔다.

지금 종주는 어디에 있는 걸까? 나는 종주를 떠올리며 안간힘을 다해 갯벌에 처박힌 자전거를 끌어냈다. 하지만 진흙을 잔뜩 뒤집어쓴 자전거를 어떻게 길 위에 올려놓을 것인지 생각하니 막막했다. 갯벌을 굽어보며 먼바다 쪽으로 내리뻗어있는 찻길은 가파른 언덕을 오르지 않고서는 닿을 수 없어 보였다. 게다가 언덕을 오르려면 돌로 쌓아 올린 둑을 통과해야만 했다. 생각보다 둑은 높아 보였다. 브레이크장치가 달린 핸들바가 떨어져 나간 자전거는 똑바로 나아가질 못하고 술 취한 사람처럼 자꾸만 비틀거렸다. 가뜩이나 발이 푹푹 빠지는 데다 이끼 낀 돌까지 있어서 진흙이 잔뜩 달라붙어 있는 자전거를 둑에 올려놓는 일은 쉽지 않아 보였다.

가까스로 다운 튜브와 탑 튜브를 잡은 두 팔에 힘을 실어 자전거를 둑에 올려놓긴 했지만 그게 끝이 아니었다. 저만치 경사가 심한 오르막이 기다리고 있었다. 나는 허리를 시트 포스트에 바짝 붙인 채 한 손은 안장을 잡고 또 다른 한 손은 탑 튜브를 잡은 채 안간힘을 다해 비탈길을 올라갔다. 그때 자전거에 붙어있던 진흙이 자전거 바퀴가 바닥에 닿을 때마다 투둑투둑 소리를 내며 길에 떨어졌다. 하필이면 바람까지 갯벌 방향으로 불어온 탓에 몸이 앞으로 나아가질 못하고 자꾸만 뒤로 밀려났다. 비바람이 눈과 코로 들어온 탓에 내 의지와는 상관없이 거친 숨소리가 자꾸만 입 밖으로 튀어나왔다.

겨우 찻길까지 닿긴 했다. 그러나 또다시 나를 당황하게 만든 건 두 갈래 길이었다. 자전거를 타고 처음 서해안으로 들어왔을 때도 두 갈래 길과 마주했다. 하지만 그때는 종주 등만 보고 따라가기만 하면 되었다. 그러잖아도 길눈이 어두운 나는 어느 쪽을 택해야 할지 난감했다.

자전거를 길 한쪽에다 세우고 나서 잠깐 낮에 있었던 기억을 되살려 보았다. 종주와 내가 점심을 먹고 나서 잠시 휴식을 취한 뒤 일행과 함께 자전거를 타고 출발했던 그 지점에서부터 시작된 풍경은 지금 내 눈 앞에 펼쳐진 풍경과는 거리가 멀어 보였다. 다른 건 고사하고 모래밭과 그 모래밭에 옹기종기 모여 있던 천막이 보이지 않았다. 알록달록한 천막들 대신에 푸른 잎이 무성한 물푸레나무만 보일 뿐이었다.

무엇보다 종주부터 만나야 했다. 하지만 종주를 만나려면 자전거 수리 센터부터 찾아가야 하는데 그곳이 어디에 있는지 도무지 알 수가 없었다. 지나가는 차나 사람을 만나면 길을 물을 참이었다. 하지만 쏟아지는 비 때문인지 길에는 차도 사람도 보이지 않았다. 하는 수 없이 비틀거리는 자전거를 끌고 무작정 오른쪽 길을 따라 걷기 시작했다.

나는 조금 전까지만 해도 종주가 소속된 자전거 라이딩 동호회 사람들 틈에 끼어 서해안 도로를 달리고 있었다. 어느 순간 맨 앞쪽에서 달리고 있던 사람이 "야호!" 하는 소리를 질렀을 때였다. 불현듯 '생리'란 단어가 뇌리를 스치고 지나갔다. 아! 어떻게 하지. 약도 생리대도 챙겨오지 않았는데. 페달을 밟으면서 나는 혼잣말로 그렇게 중얼거렸다. 그때 화이트 실버 헬멧을 쓴 종주는 레드 블랙 헬멧을 쓴 여자와 맨 앞쪽에서 서로 앞서거니 뒤서거니 하며 달리고 있었고 중간에서 달리고 있던 나는 차츰 뒤로 밀려나기 시작했다.

어느 순간 눈앞이 부옇게 흐려지는 느낌이었다. 게다가 거무죽죽한 갯벌이 자전거 바퀴를 끌어당기는 듯한 이상한 느낌에 다리가 앞으로 나아가질 못했다. 그런 느낌도 잠시뿐. 순식간에 자전거 바퀴가 주르르 미끄러져 둑의 턱에 한 번 부딪친 후, 갯벌에 처박힌 것이었다.

나를 포함한 일행은 모두 일곱 명이었다. 아침 일찍 서울에서 출발한 일행은 점심때가 되어서야 서해안에 도착했다. 나는 다른 일행이 점심으로 빵을 먹고 있을 때 새벽부터 일어나 부산을 떨며 만들어온 참치김밥을 펼쳐놓았다. 나는 일회용 비닐장갑을 낀 손으로 참치김밥 하나를 집어 종주 입에 넣어주었다. 엄지손가락을 치켜세우며 종주가 말했다.

"완전 맛있어."

종주는 아무거나 가리지 않고 잘 먹는 편이지만 그중에서 참치김밥을 제일 좋아했다. 참치김밥을 다 먹고 나서 종주는 시원한 탄산음료를 마시고 싶어 했으나 내가 탄산음료의 인 성분이 산성이라 치아 건강에 해롭다고 말했기 때문에 생수를 마셨다. 종주는 어릴 때부터 단맛을 즐긴 탓에 나이 서른둘에 벌써 어금니를 네 개나 때운 상태였다.

일행이 텐트 안에서 커피를 마시고 있을 때 종주와 나는 저만치 바닷물이 찰랑이는 모습을 바라보며 모래밭에 잠시 앉아 있었다. 바다에 떠 있는 조각배를 보고 있던 종주가 말했다.

"이런 곳에서 나고 자랐으면 어땠을까. 지금과는 다른 모습일 테지."

종주를 쳐다보며 내가 말했다.

"그랬다면 우리가 만났을까?"

"만날 사람은 지구 끝에서라도 만나게끔 돼 있어."

종주가 말했을 때 천막 밖으로 나와 있던 일행 중 한 사람이 종주를 향해 손짓을 해왔다. 종주가 먼저 일행이 있는 쪽으로 걸어갔다. 모래밭에 드러난 발자국은 종주의 발자취였다. 나도 종주가 남긴 발자취를 따라 걸었다. 불에 달궈진 팬에 볶은 듯 뜨거운 모래알이 발가락 사이사이로 밀고 올라왔다. 발가락의 느낌은 뜨거운데도 이상하게 시원했다. 나는 종주가 남긴 발자취에 발을 담그며 그와 하나가 되는 느낌을 즐겼다. 휴식을 취한 일행이 출발을 서두르고 있을 때 종주가 벙긋 웃는 얼굴을 하고 내가 서 있는 쪽으로 다가왔다. 손가락으로 빗

모양을 만들어 흘러내린 내 앞머리를 쓸어 올려주며 종주가 말했다.

"너무 무리한 것 아냐? 장거리는 처음이라 많이 힘들 것이야."

미소 짓는 얼굴을 드러내 보이며 내가 말했다.

"괜찮아."

종주는 또다시 손으로 약간 왼쪽으로 돌아가 있는 듯한 헬멧을 바로 해주고 나서 내 어깨를 한번 툭 쳤다. 순간 나는 종주와 함께 자전거를 타고 서해안 도로를 달리길 잘했다고 생각했다.

세 살 위인 종주와 동거를 시작한 지는 반년이 되었다. 종주는 나를 위해서라면 목숨까지는 몰라도 어지간한 희생쯤은 마다하지 않는 남자였다. 실제로 밤길을 걷다 느닷없이 뚜껑이 열려있는 맨홀을 만났을 때나 달리는 자동차를 미처 발견하지 못했을 땐 팔을 뻗어 나를 먼저 안전한 곳으로 대피시키곤 했다. 무엇보다 나는 종주의 웃음소리가 좋았다. 종주는 그것이 무슨 내용이든 말을 할 때면 입을 크게 벌리고 소리 내 웃곤 했다. 종주가 웃으면 나도 따라 웃었다. 그래서 둘이 함께 있게 되면 늘 웃음소리가 끊이지 않았다.

비틀거리는 자전거를 끌고 십분 남짓 걸었을 때 갯벌에 밀물이 빠르게 밀려오고 있는 게 보였다. 밀물은 일정한 간격으로 몸을 뒤틀다 어느 순간 황량한 갯벌을 삼켜버리는 듯 보이기도 했다. 조금만 늦었어도 급격히 차오른 밀물에 휩쓸렸을 수도 있었겠구나! 하고 생각하니 눈앞이 아찔해 왔다.

내가 태어나고 자란 고향도 바닷가였으나 이곳과는 전혀 분위기가 달랐다. 이곳 서해와는 달리 동해는 언제 봐도 쪽빛 물감을 풀어놓은 듯 맑고 푸르렀다. 수심이 깊은 탓에 발이 푹푹 빠지는 갯벌 같은 건 구경도 못했다. 바닷물이 고스란히 빠져나가는 풍경이나 텅 비어 있다시피 한 갯벌에 물이 서서히 채워지고 있는 광경은 스크린이나 텔레비전 화면에서 본 게 전부였다.

어릴 때 나는 동네 아이들과 고향 앞바다에서 내 몸보다 더 큰 검정 고무 튜브를 허리에 끼고 놀곤 했다. 이따금 발뒤꿈치를 세워 모래 속에 몸을 숨기고 있는 조개를 잡기도 하고 돌에 붙은 파래나 파도에 떠밀려온 미역을 건지기도 했다. 정신없이 놀다 보면 나중에는 체온이 떨어져 입술이 파랗게 되었다. 해 질 녘 할머니가 찾아와서 손목을 잡아끌면, "조금만 더 있다가 갈 거야." 하고 떼를 쓰곤 했다.

머릿속에서 지금의 상황에 아무런 도움도 되지 않는 기억이 불쑥 떠올려지고 있었다. 그 틈새를 비집고 들어오는 하나의 단서가 생각났다. 노란색 천막 안에서 일행이 커피를 마시고 있을 때 종주와 나는 잠시 밖에 나와 있었다. 그 순간 낮게 뜬 헬리콥터 한 대가 머리 위로 지나갔다. 헬리콥터가 사라지자 붉은 벽돌로 지은 교회 건물이 눈앞에 나타났다. 그 뒤로 보이는 가파른 언덕에는 빨강·노랑·주황색·크림색 등의 꽃들이 흐드러지게 피어 있었다. 그 모습을 보는 순간 나는 분명 한련꽃이라고 생각했다. 언덕 위에 한련꽃으로 뒤덮인 '서해 자전거 수리 센터'란 간판을 처음 발견한 사람은 종주였다.

잠시 후, 종주가 내 자전거를 끌고 언덕으로 올라갔고 내가 뒤를 따랐다. 교회 건물을 지나 한련꽃이 흐드러지게 피어 있는 좁은 길을 따라 오르다가 막다른 골목에서 왼쪽으로 꺾으면 되었다. 자전거 수리 센터는 생각보다 작고 아늑했다. 규모가 작아서 그런지는 몰라도 그곳은 자전거 수리 센터라기보다는 평범함 농가 창고 같아 보였다. 센터주인은 군인처럼 머리를 짧게 자른 중년 아저씨였다. 종주가 센터주인에게 말했다.

"브레이크 레버를 손 좀 보려고요."

그때 나는 흐드러지게 피어 있는 한련꽃밭에 눈길을 빼앗기고 있었다. 언덕 아래에서부터 시작된 한련꽃은 수리 센터 담장까지 길게 이어졌다. 바람이 불 때마다 꽃과 벌이 어우러져 춤을 추듯이 일렁거렸다. 그 모습은 마치 벌이 꽃 그네를 타고 있는 것처럼 보이기도 했다.

지금 다니고 있는 주민센터에 나가기 전, 나는 공무원학원과 도서관에서 살다시피 했다. 당시 딱히 어디에 이상이 있는 건 아니지만 몸 상태가 그다지 좋은 편이 아니었다. 매번은 아니어도 생리주기가 들쭉날쭉했다. 게다가 생리를 시작하기 한두 시간 전이면 어김없이 현기증을 동반한 복통에 시달리곤 했다.

나 자신이 공무원 시험을 준비하는 과정에서 가장 힘들었던 건 세 가지를 꼽을 수 있었다. 한 가지는 두통을 동반한 생리통이고 나머지 두 가지는 민법 총론과 행정법 총론이었다. 그것들을 보고 있으면 별안간 머리가 지끈지끈해오기도 하고 어느 땐 생리통도 심해졌다. 그런 나와는 달리 종주는 민법 총론과 행정법 총론에 해박했다. 민법은 우리 생활과 밀접하게 관련되기 때문에 반복해 읽다 보면 그다지 어렵지 않을 수 있으며 행정법 총론은 '불이익 처분차' 내용을 꼼꼼히 읽으라고 종주가 일러주었다.

종주가 시키는 대로 했더니 결과는 예상보다 좋았다. 솔직히 나 자신이 단번에 공무원 시험에 합격할 수 있었던 건 종주의 도움이 컸다. 공무원 시험에 합격한 이후부터 두통은 사라졌으나 생리통은 그대로였다. 생리통은 마치 코뿔소의 뿔 같다고나 할까. 허리를 날카롭게 찌르다가 어느 순간 깊숙이 배를 찢고 들어오는 느낌이었다. 한번은 견디다 못한 내가 병원을 찾아갔다. 이것저것 검사를 끝내고 났을 때 의사가 말했다.

"생리통이나 부정 출혈의 원인이 자궁내막 증식증 때문일 수 있어요. 다행히 초기라 프로베라 일 미리 짜리 하루 한 알씩 석 달 정도 먹으면 좋아질 겁니다."

그 무렵, 종주는 주말만 되면 자신이 소속된 라이딩동호회 사람들과 어울려 전국을 누비고 다녔다. 종주는 자전거를 탈 때면 온전히 자전거와 한 몸이 되어버렸다.

어느 날 갑자기 내 얼굴을 쳐다보며 종주가 말했다.

"우리 함께 라이딩 동우회에 가입하는 게 어때?"

자전거를 타지 않은 지가 벌써 일 년도 더 됐기 때문에 솔직히 나는 자신이 없었다. 어느 날 종주가 퇴근길에 분홍빛 핸들바가 장착된 자전거 한 대를 들고 들어왔다. 그날 자전거를 내게 건네며 종주가 말했다.

"당장 시도해 보자고. 자전거를 타면 몸도 좋아지고 몸이 좋아지면 생리통도 좋아지게 되지 않겠어?"

이튿날부터 나는 퇴근하자마자 종주 몰래 그 자전거를 타고 탄천 길을 달리기 시작했다. 무엇보다 자전거를 능숙하게 잘 타는 내 모습을 보고 놀라워할 종주 모습을 보고 싶었기 때문이었다. 종주가 사준 자전거는 전에 내가 타던 바퀴가 작은 미니벨로보다 쉬프트와 브레이크 간격이 짧아 브레이크 잡기가 훨씬 편했다. 약 일주일 정도 지났을 때였다. 어느 순간 나는 자전거를 타고 어디든 갈 수 있을 것만 같았다.

한련꽃이 흐드러지게 피어 있는 언덕길을 안다는 사람은 나타나지 않았다. 대체 여기가 어디란 말인가. 자전거 수리 센터는 어디에 있단 말인가. 또 종주는 지금 어디에 있는 걸까, 산길을 오르고 있을까. 산길을 오를 때까지 내가 따라오고 있는지 확인도 하지 않았단 말인가. 멀리서부터 들려오던 파도 소리는 점점 가깝게 느껴졌다. 어느 땐 회오리치며 바위와 부딪치는 파도 소리가 내 이름을 애타게 부르는 종주의 목소리처럼 들려오기도 했다. 종주를 떠올린 순간, 빨리 자전거 수리 센터를 찾아가야 한다는 내 조급함은 가중되어만 갔다.

맞은편에서 젊은 남자와 여자가 하나의 우산을 받쳐 들고서 다정하게 걸어오고 있었다. 그들은 호기심 어린 눈으로 머리부터 발끝까지 진흙을 잔뜩 뒤집어쓰고 있는 데다 핸들바가 부러진 자전거까지 끌고 비를 흠뻑 맞으며 걷고 있는 내 몰골을 흘긋거리며 쑥덕거리는 듯 보였다. 그러거나 말거나 나는 계속 걸었다. 한참을 걷다 보니 숨이 가빠오면서 은근히 부아가 치밀었다. 치밀어 오른 부아를 쏟아놓고 싶은 대상은 한둘이 아니었다. 비를 흠뻑 맞고 있는 나 자신에게, 핸들바가 떨어져 나간 자전거에게, 쏟아지는 비에게. 종주에게.

내가 비옷을 입고 있는 아주머니 둘과 마주친 건 바닷가를 막 돌아 나올 무렵이었다. 장화에 진흙이 잔뜩 묻어있는 것으로 보아 불룩하게 솟아오른 배낭에는 바지락이나 고둥이 담겨 있을 것이 분명해 보였다. 발길을 멈추고 내가 물었다.

"혹시 한련꽃이 흐드러지게 핀 언덕길을 아시나요?"

그러나 그들은 한동안 아무런 반응이 없었다. 실망한 나머지 막 등을 돌리려고 했을 때였다. 별안간 노란색 비옷을 입고 있는 아주머니가 돌아보며 애매하게 말을 했다.

"글쎄, 한련꽃인지 무슨 꽃인지는 몰라도 본 것도 같고 안 본 것도 같구먼."

이번에는 하얀 비옷을 입고 있는 아주머니가 조금 큰 소리로 말했다.

"쭉 가다가 다시 물어봐요."

쭉 가다가 다시 물어보라고 하는 말에는 쭉 가다가 허탕을 치더라도 그것은 어디까지나 그쪽 탓이지 자신 탓은 아니지 않겠느냐는 뜻이 담겨 있었을 것이었다. 아주머니 둘과 헤어져 평평한 길을 걷고 있을 때였다. 갑자기 등 뒤에서 무슨 소리가 들려왔다. 잠깐 귀를 쫑긋해 보았다. 휴우! 하고 가쁘게 내뿜는 숨소리와 자전거 페달을 밟는 소리가 같이 들려오는 듯했다. 틀림없이 종주일 거라는 생각에 뒤를 돌아보았다. 그러나 실망스럽게도 자전거를 타고 달리는 사람은 종주가 아니었다. 모르는 사내였다.

또다시 아랫배의 통증이 밀고 왔다. 생리통이 시작되면 얼른 약을 챙겨주던 종주. 종주는 내가 뒤에 따라오지 않는다는 것을 진작 알았을 텐데. 아니 어쩌면 종주는 앞만 보고 달리고 있었을지도 모를 일이었다. 충분히 그럴 수 있다고 생각했다. 그렇다고 한다면 아직도 종주는 내가 일행 틈에 끼어 열심히 페달을 밟으며 자신의 뒤를 쫓고 있는 것으로 믿고 있단 말인가.

처음 집을 나설 때의 설렘과 흥분은 사라지고 없었다. 종주를 만나면 나는 주먹으로 가슴을 때리며 큰 소리로 울고 싶었다. 목을 타고 흘러내린 빗방울이 어깨를 지나 브래지어 속까지 스며들었다. 문득 눈앞에 녹색 잎이 우거진 커다란 등나무가 가로막고 있었다. 등나무 아래에는 허름한 원두막이 보였다. 나는 쏟아지는 비도 피할 겸 잠시 비틀거리는 자전거를 끌고 얼른 원두막으로 들어갔다. 갑자기 오줌이 마려웠기 때문이었다. 나는 주위를 살피다가 진흙이 묻어있는 바지를 내리고 앉아서 오줌을 누었다. 방광 가득 채우고 있던 오줌은 양이 엄청 많았다. 바지를 올리고 나서 다시 걷기 시작했다.

얼마를 걸었을까. 눈앞에 나타난 것은 휘뚤휘뚤한 오르막길이었다. 한 사람이 간신히 지나갈 수 있을 만큼 폭이 좁은 오르막길은 S 자 모양을 하고 있었다. 그 길과 마주하는 순간, 내 머릿속에서는 몸을 구부렸다가 폈다 하는 뱀의 형상이 떠올랐다. 정말 이 경우에는 뱀을 떠올리게 한다는 말이 적절했다. 양옆으로 숲이 우거져 있어서 S 자 모양의 오르막길이 너무도 낯설게 느껴졌다. 아무래도 이 길이 아닌 것 같다고 생각한 순간 불안감이 머리까지 밀고 올라왔다. 갑자기 머리가 멍해지는 듯했다. 내가 보았던 그 꽃이 과연 한련꽃이 맞긴 맞는 건지 과연 거기에 자전거 수리 센터로 가는 언덕길이 있었는지 확신할 수 없는 지경이 되었다.

저만치 벽면에 알록달록한 페인트칠을 해놓은 민박집이 나타났다. 담장 밖으로 어른들과 아이들의 목소리가 같이 들려왔다. 조개 굽는 냄새가 코를 자극해 왔다. 나는 연기가 피어오르는 마당 쪽을 향해 길을 물으려고 큰 소리로 말했다.

"저기요⋯."

내 목소리는 빗소리를 이기려고 악을 썼다. 하지만 빗소리 때문에 내가 하는 말을 듣지 못했는지 집안에서는 아무런 반응이 없었다. 조개 굽는 냄새는 뱀을 연상케 하는 S 자 모양의 오르막길이 끝나고 내리막이 시작되는 지점까지 내 뒤를 뱀처럼 따라오고 있었다. 시장기를 느낀 탓인지 입안 가득 군침이 돌았다. 나는 잠깐 걷기를 멈추고 뱀처럼 혀를 날름거려 바짝 마른 입술에다 침을 바르고 나서 다시 걷기 시작했다.

마침내 찻길에 닿았을 때 저만치서 시커먼 매연을 내뿜으며 달려온 마을버스가 손에 지팡이를 든 할머니를 길에 쏟아놓고는 도망치듯 달아났다. 할머니는 살 하나가 부러져 한 면이 찌그러진 우산을 받쳐 들고는 물푸레나무 밑에 앉아서 한동안 숨을 고르고 있었다. 그 할머니를 대하는 순간 갑자기 머릿속에서 할머니 얼굴이 떠올랐다.

어릴 적 내가 의지할 수 있는 사람은 오직 할머니뿐이었다. 내가 아홉 살 때 어머니와 이혼한 아버지는 매일 술병을 끼고 살았다. 아버지가 술병을 끼고 산 건지 술병이 아버지를 끼고 산 건지 어느 날 갑자기 아버지는 술병을 낀 채로 눈을 감고 말았다. 왜 허구한 날 술병만 끼고 사느냐며 큰소리로 아버지를 나무라던 할머니는 아버지보다 몇 년 더 오래 살았다. 평소 할머니는 자신이 죽고 싶어도 나 때문에 죽을 수도 없다고 하는 말을 입버릇처럼 달고 살았다. 그랬던 할머니마저 삼 년 전에 아버지 곁으로 떠나고 공무원을 꿈꾸던 나는 낯선 서울로 오게 되었다.

할머니 소원은 내가 공무원 신분이 되는 것이었다. 내가 홀로 세상을 살아가려면 안정된 직업을 가져야 하는데 그것이 바로 공무원이라는 게 할머니 생각이었다.

노량진에서 처음 시작한 서울 생활은 녹록지 않았다. 삼거리에서 후미진 뒷골목으로 들어갈수록 방값이 저렴했다. 사람들이 공무원 학원으로 몰려들면서 주변 방값이 뛰는 바람에 등을 떠밀리듯 일 층에서 옥탑으로 올라가야 했다.

낮에는 옷 가게서 일했고 밤에는 공무원 학원엘 다녔다. 옥탑방에서 옷 가게까지는 버스로 열세 정거장이었다. 열세 정거장이나 되는 거리를 나는 매일 자전거를 타고 다녔다. 내가 종주와 만나게 된 것도 공무원 학원에서였다. 어느 날 종주는 공무원 학원을 그만두고 자신의 삼촌이 경영하는 IT회사로 출근했다. IT회사로 출근한 지 두 달쯤 됐을까. 어느 날 종주가 맛있는 밥을 사주겠다며 호텔 중식당으로 나를 데리고 갔다.

그때 몸에 착 달라붙는 중국 전통 의상인 치파오를 입은 지배인이 종주와 나를 아늑한 방으로 안내했다. 조금 지나자 붉은색 치파오를 입은 여종업원이 긴 머리카락을 늘어뜨리고 코스 요리를 내왔다.

코스 요리를 먹고 있는 동안 종주는 내게 많이 먹으라는 말을 세 번이나 했다. 두 사람이 한 끼에 먹어 치운 밥값이 옥탑방 한 달 세 보다 더 비쌌던 것 같다. 그렇게 비싼 음식을 부담없이 먹을 수 있는 그의 여유로움이 나를 조금 슬프게 했다. 나는 코스 요리를 어떻게 먹어야 할지 몰라 한동안 젓가락만 만지작거리고 있었다. 식사가 끝날 무렵, 무언가를 결심한 듯 내 눈을 바라보며 종주가 말했다.

"우리 사귈까?"

종주가 능숙한 낚시꾼처럼 보이지 않는 낚싯줄로 나를 끌어당기고 있을 때 내 머릿속에서는 할머니 얼굴이 떠올랐고 귀에서도 할머니의 한숨 소리가 들려오는 듯했다. 공무원 시험에 합격하기 전까지는 어떤 것도 생각할 수 없다고 단호한 어조로 내가 말했다. 이 년 뒤 나는 할머니가 바라던 대로 공무원이 되었고 그때까지 종주도 나를 기다려 주었다.

나는 찻길이 끝나는 지점과 맞닿아 있는 길에서 잠시 서 있었다. 아마도 그 길은 집이 드문드문 보이는 마을 길 같아 보였다. 그때부터 걸음을 빨리하기 시작했다. 얼마를 갔을까. 갑자기 무릎이 아파왔다. 가만히 생각해 보니 갯벌에서 자전거를 둑 위로 들어 올릴 때 이끼 낀 돌과 부딪치게 되었던 무릎을 자전거 바퀴에 또다시 부딪쳤던 것이었다. 무릎에서 흘러내린 핏자국이 보였지만 나는 아픈 줄도 몰랐다.

눈앞에는 좀 전에 보았던 말끔하게 단장한 민박집과는 달리 우중충한 기와집 한 채가 나타났다. 금방이라도 스러질 듯 보이는 기와집은 탱자나무 울타리에 둘러싸여 있었다. 한동안 멈추었나 싶었는데 또다시 코뿔소의 뿔이 깊숙이 아랫배를 찢고 들어왔다. 게다가 비를 맞고 걸어서인지 등에서도 한기까지 느껴졌다. 나도 모르게 자전거를 세웠다. 더 이상 걸을 자신이 없다는 게 우중충한 기와집 앞에 자전거를 세우게 된 이유였다.

만약 이 집에 사는 사람의 도움을 받지 못하면 낭패라는 생각까지 하게 되었다. 벌겋게 녹이 슨 철로 된 문고리는 사자머리 모양을 하고 있었다. 내 손이 그 사자머리를 덥석 잡았다. 쏟아지는 비가 사자머리를 쥔 내 손등을 난타했다. 손으로 밀자 철커덩하는 쇳소리를 내며 철문이 열렸다. 동시에 철커덩하는 쇳소리를 내는 철문처럼 내 심장도 철커덩하는 쇳소리를 냈다. 평평한 디딤돌이 듬성듬성 놓여 있는 마당에는 풀이 웃자라 있었다. 사람이 살까 싶을 정도로 집은 방치된 흔적이 역력했다.

마당 한가운데 잠시 멍하니 서 있었다. 몸에서는 한기가 도는 데다 디딤돌을 딛고 섰을 때였다. 잠시 그 자리에 서서 안에서 사람이 나오면 뭐라고 말해야 할지에 대해 생각해 보니 막막했다. 그렇다고 쏟아지는 비를 맞으며 우두커니 서 있는 것 또한 괴로운 일이었다. 우두커니 서 있다가 집주인에게 들키는 것이나 문을 두드린 후, 꼴사나운 내 몰골을 보여주게 되는 것이나 결국 그게 그거였다. 몇 차례 나무로 된 현관문을 두드렸으나 안에서는 기척이 없었다.

마루로 통하는 유리문은 틈 없이 닫혀 있었다. 유리문 안쪽을 들여다보았다. 먼지가 뽀얗게 앉아 있는 마룻바닥에는 방금 도둑이 다녀간 집 같아 보였다. 흐트러진 신문이며 몸을 풀어헤친 두루마리 화장지, 바람 빠진 축구공, 담배꽁초가 수북한 재떨이, 몇 년이 지난 시집 몇 권까지 널브러져 있었다. 그보다 내 눈길을 끌어당긴 것이 있었는데 그것은 마루에 놓인 행거 옷걸이에 아무렇게나 걸쳐놓은 흰색 반바지와 자주색 몸빼바지였다.

몇 시쯤 됐는지 궁금했다. 혹시 하는 기대감에 다시 한번 휴대폰 뚜껑을 열어보았다. 역시 먹통이었다. 문득 고개를 돌렸을 때 집 앞 공터에는 낡은 트럭이 세워졌다. 트럭에서 내린 남자가 이쪽으로 성큼성큼 걸어오고 있는 게 보였다. 대문 안으로 들어오다 유리문 앞에 서 있던 내 모습을 발견한 남자 눈이 별안간 휘둥그레졌다. 곧 남자가 우두망찰한 꼴로 서 있던 내 쪽을 향해 절벅절벅 물을 튀기며 걸어왔다.

“자전거를 타고 달리다 갯벌에 빠졌어요. 죄송합니다. 급한 마음에…….”

나는 코가 땅에 닿을 정도로 허리를 굽힌 자세로 말을 했다. 솔직히 도움을 받으려는 속셈이 반영된 결과였다. 어쩌다 이 지경이 됐는지. 비를 흠뻑 맞은 젊은 여자가 자신의 집안에 들어와 있는 사실에 놀랐던지 남자 얼굴에는 황당해하는 표정이 역력해 보였다.

워낙 얼굴이 죽을상을 하고 있어서 그렇지 남자는 종주보다 네댓 살 위로밖에 보이지 않았다. 깡마른 데다 몸에 착 달라붙은 까만 면 티셔츠에 카키색 반 반지 차림을 한 남자는 금방이라도 스러질 것처럼 보였다.

뜬금없이 내 머릿속에서 언젠가 티브이 화면에서 본 병든 닭이 떠올랐다. 병든 닭을 떠올리게 하는 남자에게 도움을 청해본들 무슨 소용이 있겠나 싶었다. 그렇다고 특별한 대안이 있는 것도 아니었다. 어떻게 하든 도움을 청해보려는 속셈으로 남자 앞으로 한발 다가서며 내가 또 말을 했다.

"오늘 자전거를 타고 서해안에 처음 왔고 일행은 내가 갯벌에 빠진 사실을 모르고 있을 거라…."

그렇게 말한 후, 배경 설명도 빠뜨리지 않았다. 그러나 내가 하는 말을 듣고도 남자는 아무런 반응이 없었다. 그렇더라도 그 상황에서 나는 내 입장 설명을 계속할 수밖에 없었다.

"자전거 수리 센터를 찾아가야 하는데 도무지 어디가 어딘지……."

그때까지 묵묵히 내 말을 듣고만 있던 남자가 이윽고 눈을 돌려 찬찬히 내 몰골을 살피기 시작했다. 나는 속으로 생각했다. 꼴사나운 내 몰골을 보게 된 남자는 지금 무슨 생각을 할까. 남자가 얼굴이 일그러질 정도로 마땅찮은 심기를 드러내보이는가 싶었는데 불쑥 휴대폰을 내밀었다. 순간 당황한 나머지 나는 남자 얼굴을 빤히 쳐다봤다.

"일행이 있다면서요?"

갈라지는 남자의 목소리마저 병든 닭이 내는 소리처럼 들려왔다. 남자로부터 휴대폰을 건네받게 된 나는 떨리는 손으로 종주에게 전화를 걸었다. 그러나 '지금은 전화를 받을 수 없으니 다음에 다시 걸어 주시기 바랍니다.'라고 하는 말만 계속해서 흘러나왔다.

“죄송하지만, 자전거 수리 센터까지만 안내해 줄 수 있을까요?”

내 목소리에는 조바심이 묻어있었다. 내 말이 끝나자마자 남자가 등을 돌려 집 안으로 들어가 버렸다. 남자의 그런 태도는 내 부탁을 들어줄 것인지 그만 돌아가라는 것인지 판단이 서지 않았다. 만약 남자가 내 부탁을 거절하면 어떻게 하지. 내 생각이 거기까지 미쳤을 때 빵과 생수병을 양손에 든 남자가 다시 이쪽으로 걸어왔다. 그때 샌들 끝에 드러난 닭발을 닮은 듯한 남자 발가락이 튀어 오르는 빗방울에 젖고 있었다. 닭다리를 뜯듯 표면이 딱딱하게 굳어있는 빵을 물어뜯고 있던 남자 시선이 머문 곳은 진흙이 잔뜩 묻어있는 내가 입고 있는 추리닝 바지였다. 입가에 빵부스러기를 더덕더덕 붙인 채 턱을 들어 행거 쪽을 가리키며 남자가 말했다.

“저기 걸린 흰색 반바지가 맞을지 모르겠네요.”

간절히 기다렸던 말인데도 나는 조금 망설였다. 곧 생리가 나올 것 같은 상황에서 흰색 반바지는 곤란할 것 같았기 때문이었다. 얼굴이 닭의 볏처럼 상기된 남자가 또 말했다.

“지금 머뭇거릴 시간이 없어요.”

“네. 알겠어요.”

거센 비바람에 대문이 꽈당 닫히면서 내 말꼬리가 나보다 먼저 집 안으로 들어가 버렸다. 나는 흰색 반바지가 아닌 자주색 몸빼바지를 꿰고 밖으로 나왔다. 의아해한 눈빛으로 내 모습을 바라보던 남자가 빵 한 조각과 생수병을 내밀었다. 그러고는 닭이 홰를 치듯 두 팔을 어색하게 휘젔더니 자전거를 번쩍 들어 차에 실었다. 쇠끼리 부딪치는 소리가 철커덩하고 났다. 나는 생수로 말라 있던 입안부터 적셨다. 내가 순식간에 빵을 다 먹어 치웠을 때 남자가 빨리 조수석에 오르라고 하는 눈짓을 해왔다.

막상 조수석에 오르고 나니 조금 어색했다. 나는 어색함을 감추려고 일부러 바깥 풍경에 관심이 있는 척 줄곧 창밖만 내다보고 있었다. 남자와 내가 숨을 내쉴 때마다 코로 뿜어져 나온 희부연 한 공기가 좁은 차 안에 끈끈하게 감기는 듯했다.

트럭이 마을을 빠져나올 때는 이미 날은 어둑어둑해졌다. 포장길에 들어선 순간부터 트럭은 속력을 내기 시작했다. 트럭이 바닷가를 따라 폭이 좁고 삐뚤빼뚤한 길로 접어들면서부터 내 어깨에 힘이 잔뜩 들어가기 시작했다. 바닷가에도 이런 길이 있었나 싶었다.

갑자기 차에서 달달거리는 소리가 났다. 창밖을 내다보는 순간, 어두운 밤 풍경이 빙그르르 도는 듯했다. 잠깐 망설이다가 내가 낮게 말했다.

"늘 이렇게 달려요?"

남자는 짐짓 못 들은 척 가타부타 말이 없었다. 가타부타 말을 하지 않으니 그 속내를 알 길이 없었다. 내가 튀어나오려는 한숨을 목 안으로 밀어 넣고 있을 때 남자 입에서 퉁명스런 말이 튀어나왔다.

"늦어지면 자전거 수리 센터가 문이 닫혀버릴 수가 있어요."

이 차선 도로에 막 들어섰을 때 휴대폰에서 벨이 울렸다. 남자가 전화를 받았다. 휴대폰을 쥔 남자의 손등에는 연두색이 도는 핏줄이 한련꽃 줄기같이 사방으로 뻗어있었다.

“집? 그거 벌써 경매에 넘어간 지 한참 됐어.”

그 말 한마디에 남자가 짊어지고 있는 삶의 무게를 짐작할 수 있을 것 같았다. 통화는 짧았다. 남자 입술 사이로 한숨이 바람처럼 빠져나왔다. 얼핏 갈색 속눈썹을 가진 남자의 눈가에서 물기가 번지는 듯했다. 그것은 반대 방향에서 달려오는 자동차 헤드라이트가 비쳤을 때 더욱 선명하게 보였다.

나는 간간이 눈을 돌려 남자 옆모습을 훔쳐보기 시작했다. 남자는 한동안 먹을 것을 입에 대보지도 못한 사람처럼 보였다. 비정상적으로 움푹 들어가 있는 볼우물이며 불쑥 튀어나와 있는 광대뼈, 그리고 한없이 건조해 보이는 입술이 그것을 말해주고 있었다. 게다가 숱이 성근 앞머리는 M 자에 가까운 형태를 보였다. 그것은 세월이 만들어놓은 변형이라기보다는 무거운 마음이 만들어낸 변형일 거라고 나는 생각했다. 담배를 입에 문 남자가 라이터를 켤 듯 말 듯하더니 결국 라이터와 담배를 한꺼번에 차창 밖으로 던져버렸다. 별안간 차 안이 조용해졌다. 침묵은 계속 이어졌다. 거센 빗줄기가 차창을 때렸다.

차 안에 침묵이 쌓여갔지만 나는 어떤 말도 할 수 없었다. 어느 순간 남자가 한숨을 길게 내쉬었다. 별안간 남자의 한숨소리가 내 감정 속으로 뛰어 들어와 첨벙거리기 시작했다. 그것은 논리로는 설명이 안 되는 묘한 감정의 소용돌이였다. 그 순간 나는 손깍지를 꼈다가 풀었다가를 반복했다.

아스팔트 길을 달리고 있던 트럭이 갑자기 고삐 풀린 말인

양 샛골목으로 뛰어 들어갔다. 그러나 이십 미터도 못 가서 길이 막혀 있었다. 남자가 후진 기어를 넣고 나서 십 미터쯤 갔을 때였다. 남자가 혼잣말처럼 중얼거렸다.

"원래는 큰길까지 뚫려져… 무슨 공사를…."

별안간 꼬륵꼬륵 하는 소리가 연달아 나더니 트럭이 멈춰 섰다. 비상등을 켠 남자가 우산도 없이 차 문을 열고 나갔다. 남자가 보닛을 연 후, 능숙한 손놀림으로 닭 내장 같이 뭉쳐져 있는 전선 가닥을 몇 차례 톡톡 건드렸다. 그러자 웽웽 소리를 내며 거짓말같이 시동이 걸렸다.

M 자를 만들고 있는 남자 앞머리에서 빗물이 뚝뚝 떨어졌다. 남자는 휴지로 머리와 얼굴을 대충 닦고 나서 다시 액셀러레이터를 밟기 시작했다. 휙휙 빠르게 밀려나는 길과 나무들이 지우개로 지우듯 순식간에 사라졌다. 내리막길을 달릴 때는 내 엉덩이가 말 등에 올라탄 것처럼 뛰고 있었다. 나는 속으로 생각했다. 과연 이 남자의 차를 탄 게 잘한 일일까.

그때였다. 별안간 남자의 입에서 앗! 하는 소리가 총알처럼 튀어나왔다. 빗속을 내달리던 트럭이 총 맞은 듯 길 한복판에 멈춰 섰다. 찻길을 가로지르고 있던 검은 물체는 고양이었다.

남자가 느닷없이 방향을 튼 탓에 갑자기 내 몸이 오른쪽으로 휙 기울었다. 그런데 여태껏 나 자신이 자전거 수리 센터를 찾아 헤매던 방향과는 정 반대쪽이었다. 현실이라고 믿었던 한련꽃은 근거조차 없단 말인가. 모든 게 환상인 것만 같았다. 모든 것이 환상일지라도 종주와 떨어진 것은 분명 현실이었다. 가도 가도 한련꽃이 피어 있는 언덕 아니, 자전거 수리 센터는 나타나지 않았다.

"어디로 가고 있는 거죠?"

내 목소리는 예민함으로 채워져 있었다.

"자전거 수리 센터에 가야 한다면서요?"

퉁명스런 남자의 목소리를 듣게 되는 순간, 내 입안에서는 참았던 한숨이 휴우! 하고 뿜어져 나왔다. 내 한숨 소리에 마음이 움직였던지 처음으로 나긋나긋한 목소리로 남자가 말을 했다.

"나는 이곳에서 나고 자랐기 때문에 어지간한 곳은 다 찾아가요. 걱정하지 않아도 됩니다."

갑자기 엉덩이 쪽이 축축한 느낌이었다. 혹 생리가 비친 건 아닐까, 나는 숨이 멎을 지경이었다. 남자의 눈을 피해 오른손을 가만히 가랑이 쪽으로 가져가 보았다. 다행히 축축함의 진원지는 생수병이었다.

눈앞에 어딘가 모르게 익숙해 보이는 밤 풍경이 나타났다. 모래밭 근처에 쳐놓은 알록달록한 천막들에서 새어 나온 불빛이 보였다. 천막 뒤로 빨간 불빛이 반짝이는 십자가를 머리에 인 교회 건물이 가까워졌다가 멀어졌다가 하면서 트럭은 한껏 속력을 높였다.

마침내 낡은 트럭이 털털거리는 소리를 내면서 가파른 언덕길을 올랐다. 낮에 해에 젖어 내 눈길을 사로잡았던 한련꽃은 이제 쏟아지는 비를 맞으며 한껏 어둠을 빨아들이고 있었다. 밤인데도 그 모습은 무척이나 생기발랄해 보였다.

나비바늘꽃

나비바늘꽃

이모는 내가 포장한 항아리를 모두 차에 싣고 나갔다. 낡은 다마스 바퀴가 가파른 언덕길을 내려가느라 삐걱삐걱 소리를 냈다. 매번 그랬듯이 오늘도 나는 나비바늘꽃이 활짝 피어있는 가파른 언덕길을 내려간 다마스가 좁은 길모퉁이를 가까스로 돌아간 뒤에야 참았던 숨을 내쉬었다.

오늘따라 다마스가 빠져나간 자리가 휑했다. 휑한 분위기를 경감시켜 줄 게 아무것도 없다는 현실이 나를 슬프게 했다. 창고 겸 사무실로 사용하는 곳으로 걸어가서 사자 머리 모양으로 된 문고리를 잡아당겼다. 한쪽 벽면에 놓인 철제 책상 앞에 앉아서 제품이 출하된 상품 내역을 영업일지에다 또박또박 적었다. 그런 다음 나 자신이 이곳에 온 이후 매출을 살펴보았다. 매출이 날로 줄어든 것을 확연히 알 수 있었다. 이런 형태로 간다면 아마도 이모는 싼값에라도 이 집을 팔 수밖에 없게 될 것이다. 얼마 전부터 천식과 무릎 관절 통증이 심해진다며 고통을 호소하던 이모가 무거운 항아리를 다루어야 하는, 장 담는 일은 더 이상 못할 게 뻔했다.

마당은 조용했다. 혼자서 마당을 돌아다니던 콩이도 보이지 않았다. 저만치 깎아진 산 아래로 축 늘어진 버드나무 그림자가 붉은 벽돌집 벽체를 타고 마당까지 길게 드리워졌다. 바람이 불어오자 물결치듯 흔들리는 버드나무 가지 사이로 연결된 거미줄에 매달린 나비바늘꽃잎 하나도 같이 흔들렸다. 그네를 타듯 흔들리고 있는 나비바늘꽃잎 위로 그의 얼굴이 잠깐 흔들리다가 사라졌다.

그는 자신이 한 약속을 잊은 걸까. 하긴 그와 내가 만난 시간이 긴 것도 아니고 단지 한 차례 격렬한 사랑을 하고 나서 한 약속일 뿐. 냉정히 돌아보면 그것은 약속이라기보다는 일시적인 감정에 이끌린 그 자신의 희망 사항에 가까웠을지도 모를 일이다. 머릿속 상념이 거기까지 이르자 내 사고는 작동을 중단했다.

눈길을 전통 옹기 체험장 쪽으로 옮겨갔다. 전통 옹기 체험장은 문이 굳게 잠겨 있었다. 체험장 아래로 보이는 건 작은 연못뿐이었다. 그쪽으로 걸어가 보았다. 저만치 갈색으로 변해 있는 나비바늘꽃잎 하나가 바람에 실려 연못 위로 떠다녔다.

다시 발길을 돌려 앞마당으로 왔다. 앞마당에는 강렬한 햇살이 항아리의 몸을 달구고 있었다. 항아리의 몸이 달구어지면 장이 익어가기에 딱 좋은 상태라고 이모가 말했던 것 같다.

메주를 품은 항아리가 햇빛을 받아 자신의 몸이 달구어지면 장이 익어가듯 푸근함이 느껴지는 그의 품에 안긴 순간 왠지 나 자신이 익어가는 듯했던 느낌을 잊을 수가 없다. 항아리와 항아리 사이를 걸어가다가 큰 항아리 앞에서 발길을 멈췄다. 그것은 쉰 개가 넘는 항아리 중 가장 덩치가 큰 항아리였다.

얼마 전, 덩치 큰 항아리는 갑자기 뒷산에서 먹이를 찾아 내려온 멧돼지의 습격을 받고 주둥이가 떨어져 나갔다. 멧돼지의 습격만 받은 게 아니었다. 몰인정한 사람이 내다 버린 이른바, 유기견까지 먹이를 찾아 마당으로 뛰어들어 순식간에 항아리가 공처럼 굴렀다. 그 바람에 항아리 허리에 금이 갔다. 이모는 떨어져 나간 주둥이를 시멘트로 메우고 금이 간 몸통은 철사로 꽁꽁 동여매 소금 항아리로 사용했다.

금 간 항아리야 철사로 꽁꽁 동여매면 되지만 금 간 내 마음 항아리는 무엇으로도 동여맬 수도 없었다. 까치발을 하고서 소금항아리 안을 들여다보았다. 소금은 밑바닥이 훤히 보일 정도였다. 순간 이모는 벌써부터 장 담는 일을 포기한 모양이라고 나는 생각했다. 장 담는 일을 계속할 거면 항아리에 소금이 가득 차 있어야 했다. 소금 항아리 옆에 놓인 대나무 의자에 가서 앉았다. 손으로 흘러내린 머리를 쓸어올려 핀을 다시 꽂았다. 언제 나타났는지 콩이가 달려와서는 꼬리를 흔들었다. 콩이의 머리를 쓰다듬다 문득 하늘을 올려다봤다. 구름 한 점 없는 짙푸른 하늘이 뻗어 있었고 주위는 여전히 조용했다.

대나무 의자에서 일어나 다시 연못 쪽으로 걸어가 보았다. 마당에서 연못까지는 오 분도 채 걸리지 않았다. 며칠 동안 봄

비치고 제법 많은 양이 내려서인지 연못은 평소보다 물이 꽤 불어난 듯 보였다. 바람이 불어오자 전통 옹기 체험관 지붕 위로 늘어진 후박나무 잎이 흔들리면서 서걱거렸다. 연못 주위를 에워싸고 있는 나비바늘꽃잎도 따라서 흔들렸다.

어디선가 그의 목소리가 들려오는 듯했다.

"나비바늘꽃 중 붉은 꽃은 홍접초라 하고 흰색은 백접초라고 하죠. 또 붉은색과 흰색이 섞인 것은 혼합접초라 해요."

그의 얼굴을 올려다보며 내가 말했다.

"꽃 이름이 참 흥미롭군요. 그런데 왜 이름이 하필 나비바늘꽃이죠?"

"꽃잎이 바람에 날리는 모양이 나비 날개 모양과 닮은 데다가 꽃 수술 역시 바늘처럼 뾰족하게 생겨서 아마도 그런 이름이 붙여진 것 같아요."

"꽃 수술이 유난히 길고 바늘처럼 뾰족하긴 하네요."

"그보다 꽃말이 독특해요. 섹시한 여인. 또는 떠나간 이를 그리워함…."

"정말 그러네요."

"아마도 나비바늘꽃이 낮 동안만 꽃을 피운 후, 저녁이 되면 꽃잎이 시들어 닫혀버리는 모습에서 착안하지 않았을까 싶어요."

그날 그와 나는 이 연못가를 걸으면서 다른 이야기는 하지 않았다. 오로지 나비바늘꽃 얘기만 했던 것 같다.

불현듯 머릿속에서 기억 한 가닥이 떠올랐다. 그날 아침 아이들을 데리고 아침을 먹으려고 산사랑이란 한식집에 들렀을 때였다. 별안간 하얀 털을 지닌 작고 귀여운 강아지 한 마리가 다리를 덜덜 떠는 모습을 하고 마당에 나타났다. 강아지 등에 흙이 덕지덕지 묻어 있는 걸로 봐서 아마도 누가 기르던 강아지를 산에다 버린 것이 아닐까 싶었다. 별안간 아홉 명의 아이들이 한꺼번에 함성을 지르며 강아지 쪽으로 몰려갔다. 그때 그는 허리를 굽혀 조용히 강아지 곁으로 다가가서는 머리를 쓰다듬어 주었다. 강아지도 마음이 통했던지 절룩이는 다리를 하고 그의 앞으로 다가가서 앉았다.

잠시 후, 그는 약과 붕대를 가져와서는 사람에게 하듯이 애처로운 표정을 지어 보이더니 강아지 다리에 난 상처에 약을 발라주고 붕대도 감아주었다. 그러고는 자신이 입고 있던 청색 바람막이 점퍼로 강아지를 싸안았다.

그날 그는 강아지 몸집이 작아서 콩이란 이름이 어떠냐고 내게 물었고 나는 고개를 끄덕여 보였다. 때마침 마당으로 나온 산사랑 주인이 콩이를 자신이 맡아서 키우겠다고 말했다. 그러나 오래지 않아 산사랑 주인이 미국으로 떠나면서 콩이는 다시 이모의 손에 넘겨졌다. 이제 콩이는 콩이란 이름이 어울리지 않을 정도로 많이 컸다. 하긴 일 년이 지났었으니 그럴 만도 했다.

작년 이맘때 내가 Y 복지관 아이들을 데리고 처음 이곳에 왔을 때 그가 문 앞까지 나와서 환한 미소로 반겼다. 그는 곧 아이들을 전통 옹기 체험관으로 안내했다.

"자, 지금부터 전통 옹기 제작 과정을 손끝으로 느끼고 배우는 시간을 다 함께 가져 볼까요."

그의 목소리는 굵으면서도 웅장했고 웅장하면서도 다정함이 느껴진다고나 할까. 체험 시간은 약 40분. 그는 40분 내내 한결같이 환하게 웃는 얼굴을 하고서 아이들이 알아듣기 쉬운 말로 설명했다.

"먼저 옹기의 역사와 제작 과정 그리고 쓰임새가 다양한 질그릇에 대해 간단하게 알아보도록 해요…. 전통 옹기는 자연에서 나오는 황토를 손으로 이렇게 두들기고 다듬는 작업을…. 건강에 해로운 화공 약품을 사용하지 않으며 이렇게 흙을 고르게 펼치는 작업부터…."

어느새 체험학습이 끝나고 아이들과 함께 체험장과 전통 한식집 사이에 있는 공터에 세워둔 노란색 페인트로 칠해진 미니버스가 오기를 기다렸다. 그때 그가 이쪽으로 걸어오면서 말했다.

"Y 복지관이 시가지에 있다고 하셨던가요?"

"시가지는 아니고 약간 변두리 쪽에 있어요."

"얼마나 걸리죠?"

"지금 출발하면 아마 점심 때쯤이면 도착할걸요."

그의 얼굴을 쳐다보며 내가 또 말했다.

"하늘을 보고 있으니 제일 먼저 머릿속에서 쪽빛이란 단어가 떠오르네요. 이곳의 하늘이 늘 저렇게 짙푸른가요?"

"비나 눈이 오지 않는 날은…."

"다른 나라에 와 있는 느낌이라고나 할까. 눈도 시원해지는 것 같아요."

그때였다. 미니버스 기사로부터 전화가 걸려 왔다. 목소리엔 긴장감이 흐르고 있었다.

"선생님! 엔진에 문제가 생긴 것 같아요. 아무래도 견인차를 불러야 할 것 같은데요."

"견인차를요?"

십 분 정도 지났을까. 또다시 버스 기사로부터 전화가 걸려 왔다.

"공업사 측에서 내일 낮이나 돼야 버스가 출고될 것 같다고…."

나는 놀란 가슴을 억제할 길이 없었다. 더군다나 이곳은 산속이 아닌가. 산속에서 아이들과 어떻게 하룻밤을 보내야 할지 눈앞이 캄캄했다. 그가 다가오며 말했다.

"옹기 굽는 가마 뒤편에 게딱지만 한 방이 하나 있긴 한데."

"게딱지만 해도 괜찮아요. 밤을 보낼 수 있는 게 중요하죠."

"우리 같이 가서 방부터 볼까요?"

나는 그의 뒤를 따라 걸어가면서 복지관에 전화부터 했다. 전화를 받는 사람은 사무장이었다. 이미 사무장은 기사로부터 연락을 받았다고 말했다. 그러면서 아이들이 불안해하지 않도록 잘 다독여주라는 말도 잊지 않았다. 평소 복지관 아이들을 자기 자식처럼 여기는 사무장으로선 충분히 그런 당부를 할 수 있을 거라고 나는 생각했다. 방문을 열다 말고 그가 돌아보며 말했다.

"사용하지 않은 지가 한참 돼서…."

그의 말대로 방은 게딱지만 했다. 게다가 벽면 여기저기에는 거미줄이 매달려 있었고 바닥에는 이름을 알 수 없는 벌레들까지 스멀스멀 기어다녔다. 그가 빗자루로 거미줄을 걷어내고 있을 때 나는 걸레로 바닥을 닦았다.

방은 아홉 명의 아이들이 모로 누워야만 간신히 잘 수 있었다. 아이들을 차례로 눕히고 나니 나 자신이 누울 자리는커녕 앉을 자리도 없었다. 아이들은 피곤했던지 이내 잠에 곯아떨어졌다.

방문을 열고 밖으로 나갔다. 밖은 캄캄했다. 저만치 어둠 속에서 동그란 불빛이 나타났다. 그것은 동그랗게 생긴 체험장 창에서 흘러나온 불빛이었다. 불빛을 향해 걸어가 보았다. 창이 높아서 둥근 벽시계만 보일 뿐 사람의 모습은 보이지 않았다. 벽시계 바늘이 12시 15분을 가리켰다. 까치발을 하고서 안을 들여다보았다. 책상 앞에 앉아 있는 사람은 그였다. 다시 발길을 돌려 황토방 쪽으로 걸어갔다. 두어 발짝을 갔을까. 등 뒤에서 그의 목소리가 들려왔다.

"왜 그냥 가요?"

"잠이 안 와서 잠깐 나왔다가…."

그는 푹신한 의자를 내게 내어 주고 자신은 딱딱한 철제 의자에 엉덩이를 밀어 넣었다.

"왜 아직 퇴근 안 하셨어요?"

"이 상황에서 퇴근할 수 없잖아요."

"어디서 주무시게요."

"그냥 이대로 밤을 보내야죠."

"공연히 저희 때문에."

"일부러 그런 것도 아니잖아요."

"우리 메리골드차나 마실까요?"

"전 차를 잘 안 마셔요."

"왜요? 중국인은 차를 하루 거르는 것보다는 밥을 사흘 거르는 것이 낫다고 한다던데."

"전 중국인이 아니잖아요."

"하하하. 그렇군요. 일명 금잔화라고도 불리는데 꽃도 예쁘지만 루테인과 지아잔틴 성분이 많아 눈 건강에 탁월하대요."

"눈이요?"

하고 내가 말했을 때 그가 내게 미소진 얼굴을 드러내 보이며 말했다.

"누가 압니까. 또 이 메리골드차 드시면 그 안경도 벗게 될지. 하하하."

"안경만 벗게 된다면야 열 잔도 마시겠어요. 근데 이거 어디서 구했어요?"

"뜰에 많아요. 체험장이 헐리면 못쓰게 될 것 같아 얼마 전에 죄다 땄답니다."

"체험장이 헐린다구요?"

"아무래도 삼촌 건강이…. 근데 말이죠. 이런 말 해도 될는지. 그쪽을 어디서 본 것 같은데 확실한 기억은 없네요."

"난 그쪽을 본 기억이 없는데요. 아마 제 얼굴이 평범하게 생겨서 그럴지도 몰라요."

"평범하게 생긴 얼굴 같지는 않은데요."

벽시계가 새벽 두 시를 쳤다. 문을 열고 나온 후, 우리 둘은 어둑어둑한 미로 같은 길을 걸었다. 산속이라 그런지 밤바람은 찼다. 몇 발짝 앞서 걷고 있던 그가 갑자기 발길을 멈췄다. 순간 작고 검은 물체가 날렵한 동작으로 풀을 가르며 지나갔다.

"저것을 상자에 넣어 강에 떠내려 보내고 싶을 때가 있다니까요. 모세처럼 말입니다."

"저게 뭐죠?"

"들쥐 새끼요."

들쥐 새끼란 말에 겁을 집어먹고 우뚝 서 있었다. 그가 다가오더니 아기에게 하듯 등을 토닥여 주며 말을 했다.

"저 녀석이 낮엔 잘 안 보이는데 꼭 밤에만 저렇게 나타나서 사람을 놀라게 한다니까요."

밤이라서 그런지 개울물 내려가는 소리가 세차게 들렸다. 방문을 열어보았다. 아이들은 하나같이 새우처럼 몸을 오그린 채 잠이 들어있었다. 우리 둘은 앉을 수도 없고 서 있을 수도 없어서 잠시 우두커니 서 있었다.

갑자기 무슨 소리가 들려왔다. 한 녀석이 눈을 감은 채 비틀거리며 서서 오줌을 갈겼다. 녀석이 갈긴 오줌 줄기가 옆에서 자고 있던 한 아이 바짓가랑이에 명중됐다. 당황한 그가 얼른 손으로 오줌을 받았다. 나도 휴지로 바닥에 흘러내린 오줌을 닦았다.

그가 먼저 젖은 바지를 들고 밖으로 나갔다. 뒤를 따르며 내가 물었다.

"어떻게 하시게요?"

"일단 빨아서 말려야겠지요."

"어디서요?"

"욕실에서요. 오랫동안 사용하지 않아서 욕실에도 쥐새끼가 다닐지 몰라요."

우리 둘은 아이들이 깨지 않도록 발소리를 죽이며 걸었다.

욕실 문은 굳게 잠겨 있었다. 그가 드라이버를 가지고 문고리를 떼어냈다. 그러고는 뻥 뚫린 구멍 안으로 손을 뻗어 문을 열었다. 다행히 수도꼭지에서 물이 콸콸 쏟아졌다. 욕실과 붙어있는 부엌문 역시 굳게 잠겨 있었다.

"사용하지 않은 지가 꽤 됐거든요."

그가 문 위에 놓아둔 열쇠로 부엌문의 자물쇠를 열었다. 자물쇠는 덜컹 소리를 내고 벗겨졌다. 작은 소리였으나 밤이라서 그런지 꽤 크게 울렸다. 그가 문짝을 밀어 열었다. 천장에 백열전구가 달려 있었으나 불이 들어오지 않아서 어두웠다. 어둠은 흡사 안대로 눈을 가린 것 같았다. 그가 내 손을 잡고 조심조심 안으로 들어갔다. 잠시 후, 몸을 구부려 아궁이에 불을 지피며 그가 말했다.

"산속이라 해가 지면 기온이 급격히 떨어져요. 제가 생각이 짧았어요. 초저녁에 불을 지폈어야 했는데. 참, Y 복지관에서 근무한 지 3년 됐다고 했던가요?"

"정확히 2년 반."

"저 뭐 하는 사람인지 궁금하지 않아요?"

"그쪽은 전통 옹기 체험장을 운영하고 있잖아요."

"아니요. 삼촌이 관장님인데 뇌경색으로 병원에 계셔서 당분간만 봐 드리고 있어요."

"그럼 무슨?"

"아직 딱히 어떤 일을 하는 건 아니고 무얼 할까 망설이는 중입니다. 실은 군복을 벗은 지 얼마 안 됐거든요."

"관장님도 아니신데 전통 옹기에 대한 지식이 그렇게 해박하실 수 있는지. 신기하네요."

"언제 한번 와요. 내가 맛있는 닭고기 온면을 사 드릴게요."

"닭고기 냉면 얘기는 들어봤어도 닭고기 온면은."

"맛있어요."

"어떤 게요?"

"닭고기 온면이요. 참, 나비바늘꽃이 예쁘다고 하셨죠?"

"여기 와서 처음 봤는데 예쁘더라고요."

"닭고기 냉면집 뜰에도 많아요."

"뭐가요?"

"나비바늘꽃이요. 기다리고 있을게요."

"누굴?"

"그쪽을요."

나는 대답은 하지 않고 엷은 미소만 지어 보였다. 불은 장작에 붙는가 싶다가도 이내 꺼지곤 했다. 그가 불쏘시개로 놓아둔 박스에다 다시 라이터를 켰다. 그러고는 머리를 아궁이 안으로 밀어 넣고 입으로 후후 불었다. 그런데도 불은 쉽사리 붙지 않았고 희뿌연 연기만 아궁이 밖으로 밀고 나왔다. 손부채를 만들어 연기를 밀어내며 내가 말했다.

"제가 좀 도울까요?"

"아니요. 어서 밖으로 나가요. 연기가 매워요."

나는 밖으로 나가기도 그렇고 앉아 있기도 난감했다. 마침내 장작에 불이 붙기 시작했다. 곧 불꽃이 탁탁 튀는 소리를 내더니 아궁이 가득 불꽃이 이글거렸다.

그날 밤, 그는 아궁이에만 불을 지핀 게 아니고 내 가슴에도 불을 지폈다. 어느 순간 그가 내 손을 덥석 잡았다. 오 초 정도 지났을까. 내 손을 잡은 그의 손이 미세하게 떨리는 듯했다. 어쩌면 떨리고 있는 건 그의 손이 아니라 그의 손에 잡힌 내 손인지도 몰랐다.

그와 나는 불이 활활 타오르고 있는 아궁이 앞에서 젖은 바지를 맞잡았다. 곧 바짓가랑이에서 김이 무럭무럭 피어올랐다. 그는 손으로 활활 타오르는 불빛을 받아 붉어진 자신의 얼굴을 매만지며 말했다.

"내가 우스운 이야기 하나 들려드릴까요"

"네."

"어느 날 삼촌이 제게 말했어요. '이제부터 가마는 네가 지켜야 해. 넌 전통 가마를 지켜온 칠 대손이란 사실을 잊으면 안 돼.' 그때 저는 가마는 절대 안 지킬 거라 소리치며 밖으로 뛰쳐나갔죠. 그러고는 친구랑 술을 진탕 마셨죠. 밤늦게 비틀거리며 돌아온 순간 삼촌과 또 마주치게 되었죠. 그때 별안간 삼촌이 주먹으로 내 머리통을 쥐어박는 거였어요. 술에 취한 상태라 화가 치민 나머지 가마에다 대고 오줌을 갈겼어요."

"아무리 화가 나도 그렇지…."

"그 일이 있고 나서부터 삼촌이 아프기 시작했어요."

한동안 침묵이 흘렀다. 그 침묵을 내가 먼저 깼다.

“다행히 바지가 다 말랐어요. 어서 가서 입혀야겠어요.”

보송보송해진 바지를 들고 일어난 순간 그가 나를 와락 끌어안았다. 조금 떨리는 듯한 목소리로 그가 말을 했다.

“아무래도 내가 그쪽을 좋아하나 봅니다. 제 말을 믿으실지 모르겠지만 이런 감정은 처음입니다.”

활활 타던 불꽃은 점점 사그라들어 빨간 불빛 몇 개만 남았다. 빨간 불빛은 점차 작아져 눈알 크기의 붉은 점 한두 개만 보였다. 그 붉은 점마저 완전히 사라지자 부엌은 암흑으로 채워졌다. 그가 내 귀에다 대고 낮게 말했다.

“신은 인간들의 사랑을 가장 이상적으로 기리기 위해 이런 암흑 같은 밤을 만드셨나 봅니다.”

그는 자신이 입고 있던 점퍼를 벗어 아궁이 앞에 펼친 후, 아기를 다루듯 조심스럽게 나를 뉘었다. 그와 나는 암흑 속에서 사랑의 불꽃을 꽃피웠다.

방금 내가 한 말을 믿지 않을 사람도 있을 것이다. 입장을 바꿔놓고 생각해 보면 그런 사람의 생각을 충분히 이해할 수 있다. 술에 취한 상태도 아닌데 어떻게 그런 일이 즉흥적으로 일어날 수 있었는지… 예기치 않았던, 아니 제어할 수 없는 충동적인 욕구가 내 안 어디에 웅크리고 있다가 하필이면 그 순간에 그 정체를 드러낸 건지 나 자신조차 이해할 수가 없으니까.

그날 밤, 그는 새끼손가락을 걸고 약속했다. 다시 만나자고. 아니 만나야만 한다고. 그러나 나는 침묵했다. 침묵도 의사를 표현하는 하나의 언어라고 나는 생각했다.

아침이 밝아왔다. 그는 아이들과 나를 공터 건너편에 있는 한식집으로 안내했다. 한식집은 전망이 좋은 지대가 조금 높은 곳에 있었다. 오래된 기와집 앞에는 송판 조각에다 '산사랑'이라고 쓴 간판이 감나무에 문패처럼 매달려 있었다. 아이들은 자리에 앉자마자 재잘대기 시작했다. 모든 이야기는 어젯밤 누군가가 오줌을 갈긴 이야기가 중심이 되었다.

점심을 먹은 후, 아이들과 함께 마당으로 나왔다. 마당을 둘러싸고 있는 뽕나무 울타리가 인상적이었다. 뽕나무에 달린 오디는 까맣게 익고 있었다. 그는 오디를 따서 아이들에게 나누어주었다. 포동포동한 오디는 흰색과 연분홍색이 섞여 있었는데 드문드문 자주색도 보였다.

그가 오디 한 움큼을 내게 건네주고 나서 아이들을 쳐다보며 말을 했다.

"맛이 어때요?"

아이들이 합창했다.

"달고 맛있어요!"

그때 옆에 있던 한 아이가 흥분된 목소리로 말했다.

"와! 저기 버스가 온다."

저만치 비탈길을 내려오고 있는 미니버스를 본 순간 아이들의 함성이 터져 나왔다. 곧 노란 바탕에 하늘색 페인트로 'Y 복지관'이라고 쓴 글자가 멀리서도 선명하게 보였다. 마침내 미니버스가 산사랑 뒤에 있는 공터에 세워졌다. 아이들이 우르르 그쪽으로 달려갔다. 나는 그때서야 안도의 한숨을 내쉬었다.

기사가 세 번째 출발을 알리는 호루라기를 불었을 때 그가 헐레벌떡 달려왔다. 자신이 처음이자 마지막으로 빚은 거라며 작고 아담한 항아리 하나를 건네주었다. 항아리를 받아 든 내가 말했다.

"혹시 이 항아리에 그려진 꽃이 나비바늘꽃이 아닌가요?"

"맞아요. 나비바늘꽃."

"항아리에 그려놓으니 더 새롭네요."

"이 항아리 어때요?"

"너무 예뻐요. 잘 간직할게요."

미니버스 배기통에서 붕붕거리는 소리가 나더니 희부연 연기가 뿜어져 나왔다. 그때 그가 버스를 쳐다보며 말했다.

"나도 한 마리의 새가 되어 저 미니버스를 따라 훨훨 날고 싶습니다. 하하하."

버스가 공터를 돌아나갈 때였다. 그가 환하게 웃는 얼굴을 하고 버스를 향해 손을 흔들었다. 나 또한 야릇한 행복감으로 들끓는 가슴을 억누를 수가 없어 손을 힘차게 흔들어 화답했다.

얼마 전, 이모의 전화를 받지 않았더라면 아마도 내가 이곳에 다시 오는 일은 없었을 것이다. 어느 날 이모로부터 이사한다는 전화를 받고 모든 일을 미루고 달려갔다. 그럴 수밖에 없었던 이유는 일찍부터 내게 엄마의 자리를 대신해 준 사람이 이모였기 때문이었다.

이삿짐을 실은 트럭이 도심을 벗어난 순간 어느새 고속도로를 달렸다. 차가 출발한 지 십 분도 채 못 돼 잠에 빠져들고 말았다. 눈을 뜬 것은 한 시간이 지났을 때였다. 이모는 이 고장의 풍경을 아름다운 그림처럼 회상하고 있었다. 그러나 차창 밖에 보이는 풍경은 산이 생긴 모양새도 똑같고 나무도 다 그게 그것처럼 보였다. 함께 누릴 사람이 없어서 그런지 몰라도 쓸쓸함마저 느껴졌다.

하지만 비탈을 올라 가까이 이르니 멀리서 볼 때 풍경과는 달랐다. 소나무와 참나무 숲은 섬뜩할 정도로 아름다울 뿐만 아니라 왠지 낯설지 않았다. 낯설지 않은 풍경에 하마터면 아! 하고 소리를 지를 뻔했다. 이모가 나를 쳐다보며 말했다.

"집수리를 하느라 두 달 동안 이 길을 수 없이 다녔지."

"수리하는 데 그렇게 오래 걸렸어요?"

"본래 산사랑이란 간판을 달고 있던 허름한 집을 싼값에 내놓은 걸 샀지."

순간 가슴에 세찬 파도가 일렁였다.

"이모! 지금 산사랑이라고 하셨어요?"

"응. 산사랑. 이름이 참 예쁘지. 그래서 다른 것은 다 바꿨는데 간판은 그대로 뒀어."

"거기서 뭘 하려고."

"장을 담그려고."

"이모 혼자서요?"

"응. 메주 대주는 이가 따로 있거든."

마침내 트럭이 공터를 지나 산사랑 마당에 세워졌다. 시멘트 벽돌로 지어져 허름하던 산사랑은 붉은 벽돌로 말끔하게 단장돼 있었고 산을 뭉개 넓혀놓은 마당에는 크고 작은 항아리가 즐비하게 놓여있었다.

"이 많은 항아리는 다 어디서 샀어요?"

"공터 건너 가마에서 가져왔어. 가마 주인이 건강이 많이 안 좋으시대. 더 이상 일을 하기가 어려울 정도로. 그 바람에 싼값에 살 수 있었지."

"벌써 장 냄새가 풍기는데요."

"응. 장 담그면 좋다고 하는 말 날과 닭 날에 미리 와서 담가놨지."

주위를 둘러보았다. 이모 말대로 감나무에 걸어놓은 '산사랑'이란 간판은 그대로였다.

순간 잊고 있었던 그림이 머릿속에서 펼쳐졌다. 그날 아이들과 같이 산사랑에서 아침을 먹고 있을 때였다. 한 아이가 배가 아프다며 울먹였을 때 그는 나보다 먼저 다가가서 다정한 목소리로 말했다.

"너 어디 아픈 거니? 아니면 차멀미가 난 거냐?"

그의 모습이 자꾸만 눈앞에서 앞에서 왔다가 갔다가 하는 바람에 나는 이모가 하는 말을 듣지 못했다. 이모가 또 말했다.

"너 출발할 때보다 영 안색이 안 좋아 보인다니까?"

"저 아무렇지도 않아요. 이모 걱정하지 마세요."

불현듯 귓가에서 '닭 온면'이란 단어도 들려왔다.

이삿짐이 어느 정도 정리되었을 때였다. 주위를 두리번거리다 눈에 익은 전통 옹기 체험관 쪽으로 걸어가 보았다. 체험관은 금방이라도 허물어져 내릴 듯 보였다. 군데군데 벌겋게 녹슨 출입문이 귀에 거슬리는 소리를 내며 간신히 열렸다. 안을 들여다보았다. 안은 텅 비어 있었다. 주변 토사가 무너져 내려 연못 면적이 반으로 줄어든 듯했다. 연못 주변의 풍경이 달라지긴 했으나 나비바늘꽃은 그대로였다.

며칠 뒤였다. 나는 된장 항아리 일곱 개와 고추장 항아리 여덟 개, 쌈장 항아리 일곱 개를 이모에게 건네주었다. 그날도 이모는 항아리가 깨지지 않도록 항아리와 항아리 사이에 신문지와 엠보싱 포장 비닐을 촘촘히 끼우고 밧줄로 단단히 묶었다.

이모는 매번 출발하기 전 커피 한잔을 마시곤 했다. 그날도 아침 햇살이 내려앉아 있는 툇마루에 앉아서 커피를 마시던 이모가 나를 쳐다보며 말했다.

"항아리는 장맛을 안단다. 제 몸속으로 메주가 들어오면 어떻게 품고 숙성시켜야 하는가를 말이다."

항아리가 장맛을 알듯 나도 그의 품 맛을 기억한다. 그를 잊었다고 생각했는데 내 가슴 항아리는 아직도 그를 품고 있었던 것 같다. 부싯돌 안에 불의 씨앗이 들어있는 것처럼.

얼마 전이었다. 땅거미가 내리기 시작할 무렵, 툇마루에 앉아서 오른손에 이쑤시개를 쥐고 왼쪽 손톱 밑에 박힌 고추장을 긁어냈다. 그때 파란색 트럭 한 대가 집 앞 공터에 세워졌다. 트럭에서 내린 사람은 뜻밖에도 그였다. 순간 숨이 막혀오면서 가슴이 터질 것만 같았다.

저물어가는 황혼 녘을 등지고 서 있는 그를 보는 순간 나는 나 자신이 의외로 침착하다는 사실에 놀라고 있었다. 솔직히 말하면 침착하다기보다 나는 속으로 기뻐서 호흡이 빨라지고 전신에 개미가 기어가는 듯했다.

그도 놀랐던지 마당 한가운데 나무처럼 서 있었다. 곧 그가 한발 다가오며 떨리는 듯한 목소리로 말을 했다.

"그쪽이 어떻게…."

그렇게 보아서 그런지 놀란 눈을 하고 나를 바라보는 그의 두 눈에는 물기 같은 것이 어려 있었다. 왠지 그 물기가 나를 아프게 했다.

이어지는 그의 목소리는 떨리고 있었다.

"연락이 끊어진 이후부터 아무것도 할 수가 없었어요."

"그쪽에서 연락을 안 했잖아요."

"그쪽이 주고 간 명함을 분명 점퍼 주머니에다 넣어뒀어요. 삼촌 장례식 날 입었던 옷을 세탁소에 맡겼는데 그게 그만…. Y 복지관까지 찾아갔었어요. 그땐 이미 복지관이 헐리고 그 자리에 주민센터 건물이 세워지고 있더군요."

잠깐 침묵이 흘렀다. 곧 그가 달려와서 나를 와락 끌어안았다. 그 순간 나비바늘꽃잎 하나가 바람에 실려 나비처럼 날아와 그의 목덜미에 살포시 내려앉았다. 나비바늘꽃 향기인지 그의 체취인지 알 수 없었으나 상큼한 향기가 코를 자극해 왔다. 나를 꼭 껴안은 체 조금 떨리는 듯한 목소리로 그가 또 말했다.

"세상에 이런 일도…. 자, 날 똑바로 봐요. 그쪽도 나를 기다렸다는 것을 알 수 있어요. 지금 그쪽 눈에 반짝이는 이슬이 그 사실을 말해주고 있어요."

언제 나타났는지 콩이가 꼬리를 흔들며 그를 반겼다. 콩이를 번쩍 들어 안으며 그가 말했다.

"근데 그쪽이 여긴 어떻게?"

"이모를 따라…."

"그쪽은…."

"전시관 건물이 헐리기 전에 나비바늘꽃을 옮기려고요."

"전시관을 왜 헐어요?"

"얼마 전에 삼촌이 돌아가셨거든요. 삼촌이 돌아가신 건 저 때문이죠."

"왜 그런 생각을."

"내 인생에서 절대 가마 지키는 일은 절대 없을 거라고 소리를 질렀더니 그만 삼촌이 충격…."

말을 하다 목이 멘 듯 그는 침을 꿀꺽 삼켰다. 그의 어깨를 살며시 껴안으며 낮은 목소리로 내가 말했다.

"많이 힘들었겠군요?"

"셰익스피어가 말했던가요? 사랑은 그 자체를 먹고 살게 된다고."

우리 둘은 마주 보며 엷게 웃었다. 나란히 연못가를 걸으면서 내가 말했다.

"근데 삼촌 분은 전통 옹기에 대해 왜 그토록 집착하셨을까요?"

"삼촌뿐만 아니고 우리 가족은 늘 전통 옹기 얘기만 해왔어요. 우리 집안이 대대로 전통 옹기를 위해 존재해 왔고 미래에도 그렇게 해야 한다는, 말하자면 자손 대대로 전통 옹기를 이어 가야 하는 것이 당연한 듯이 말입니다."

"자부심이 대단하시군요."

"그런데 제 생각은 달라요. 나는 평생 전통 옹기만을 고집하며 살아가고 싶은 생각은 없었으니까요."

밤이 되자 산속은 가을 날씨 같았다. 저절로 몸이 움츠러들었다. 그가 잠깐 머리를 숙여 입맞춤을 시도하려는 태도를 보이더니 곧 자세를 바로 하고 말을 했다.

"얼른 모닥불부터 피워야겠어요."

잠시 후, 그가 들고 온 건 소나무 장작이었다. 그는 마당 한쪽에 놓아둔 허리가 찌그러진 들통에다 불을 지폈다. 조금 지나자 소나무 껍질에 맺힌 공기가 타닥, 타닥, 나무 껍질이 터지면서 불길은 기세 좋게 타올랐다. 그는 자신의 손바닥을 펼쳐 불을 쬐더니 곧 내 손을 잡았다. 그의 손 온기가 내 손에 전해졌다. 잠시 후, 그가 오한을 호소하더니 곧 황토방으로 가서 드러누웠다. 그는 사흘 동안 먹지도 않고 자지도 않았다. 사흘째 되는 날 아침이었다. 얼굴을 찡그리며 그가 말했다.

"이러다가 정말 죽을 것 같아요. 사흘 밤 내내 꿈에 삼촌이 나타났어요."

"어떻게요?"

"그냥 말도 없이 눈물만…. 아무래도 다시 한번 고민해 봐야 할 것 같아요."

그렇게 말하고 나서 그는 희미하게 웃어 보였다. 그러더니 곧 자신의 머리를 휘어잡고 울먹였다. 나는 통증과도 같은 가슴 뻐근함을 느끼면서도 다가가서 그의 손을 잡았다. 그는 조금 비틀거리는 몸짓으로 밖으로 나가려다가 다시 그 자리에 벌러덩 누웠다. 안쓰러운 듯한 목소리로 내가 말했다.

"몸이 많이 안 좋아 보이네요."

"아니요. 몸은 괜찮은데 폐 쪽인지 심장 쪽인지 아무튼…."

"제 경험상 가슴이 답답할 땐 혼자 있는 게 편하더군요."

내 말이 끝나자 그가 입가에 엷은 미소를 띠는 듯하더니 다시 눈을 감았다. 눈을 감은 채로 그가 말했다.

"미안해요. 조금만 더 누워있을게요."

핏기라고는 찾아볼 수 없는 그의 얼굴을 보는 순간 또 한 차례 통증과 같은 가슴 뻐근함이 찾아왔다. 나는 발뒤꿈치를 들고 뒷걸음질로 조용히 방을 나왔다. 밖으로 나온 순간 고개를 들어 하늘을 올려다봤다. 전에 없이 하늘에 떠 있는 구름의 모양이 다양해 보였다. 어떤 구름은 그의 모습을 닮아있는 듯 보였고 또 어떤 구름은 나비바늘꽃을 닮은 것도 같았다.

발길을 돌려 연못 쪽으로 걸어갔다. 연못의 물은 너무나 맑아서 물고기들이 수초 사이로 헤엄치는 모습이 훤히 들여다보였다. 눈길을 돌렸을 때 바위틈에 살며시 얼굴을 내밀고 있는 붉은 나비바늘꽃 한 송이가 눈에 들어왔다. 다가가서 그 꽃송이를 꺾었다.

한 손에는 나비바늘꽃을, 또 다른 한 손엔 나무꼬챙이를 들고 바닥에 쪼그리고 앉아서 또박또박 글씨를 썼다.

'나비꽃이 한 송이의 꽃으로 피어나기 위해 혹독한 겨울을 견뎌내야만 하듯이 당신 역시 칠 대 째 이어온 전통 옹기를 지켜낼 것인가? 말 것인가? 결정하려면 자신과의 치열한 싸움이 필요할 겁니다. 당신이 어떤 쪽을 선택하더라도 나는 그 결정을 존중할 생각입니다.'

팔찌

팔찌

12월 첫째 주말 한밤중에 엄마 부음을 받았다. 잠결에 벨소리를 듣고 휴대폰을 귀로 가져간 순간 귀에 들린 소리는 "놀라지 마!"였다. 아직 잠결이라서 그랬는지는 몰라도 잘못 걸려 온 전화로 생각되어 전화를 끊으려고 하던 참이었다. 곧 가라앉는 듯한 목소리로 이어지는 말은 "돌아가셨어."였다. 얼핏 그 목소리의 주인공이 언니 같기도 하고 아닌 것도 같았다. 화들짝 놀라 잠이 깬 순간 내 입에서 터져 나온 비명은 "누가?"였다.

"엄마!" 라고 이 음절로 말한 사람은 분명 언니였다.

"언니, 지금 무슨 소리를 하는 거야. 그럴 리가 없어. 이제껏 단 한 번도 아파서 병원에 간 적도 없었던 엄마가 죽긴 왜 죽어! 말도 안 되는 소리 하지 마!"

나는 거의 반미치광이가 되어 길길이 뛰면서 목소리를 높였다. 잠시 후, 호흡을 고르고 나서 그게 사실이냐고 묻고 또 물었다. 하지만 언니는 더 이상 말이 없었다.

"왜 묻는 말에 대답이 없는 거야?"

하고 또 한 차례 악을 썼다. 잠시 후, 한껏 가라앉은 목소리로 언니가 말했다.

"방금 눈을 감으신 상태라… 와서 얘기해."

날이 밝으면 첫차를 타고 가겠다고 말하고 전화를 끊었다. 이상했다. 슬프다는 생각도 들지 않았고 눈물도 나지 않았다. 그냥 육중한 물체에 머리를 세게 부딪친 것처럼 멍할 뿐이었다. 어떻게 건강하던 엄마가 그렇게 쉽게 죽을 수가 있단 말인가. 엊그제만 해도 사흘 뒤 엄마 생신날에 서울로 가겠다고 내가 말했을 때 "그래, 우리 막내가 오면 너무 좋지. 막내 얼굴 본 지도 한참 됐잖아." 그렇게 말했던 엄마였는데….

별안간 목이 타는 것도 같고 가슴이 타는 것도 같았다. 심장이 빠르게 뛰고 호흡이 빨라져서 앉아 있을 수가 없었다. 한동안 방안을 왔다가 갔다가 하다 어느 순간 시선이 창밖에 가 있었다. 저만치 가로등 불빛 아래로 보이는 읍사무소 앞마당에 세워둔 깃봉에 꽂혀 있던 태극기는 내려졌고 창문에 전등불도 꺼져있었다. 주위는 아무 일도 없었다는 듯이 평온해 보였다. 몇 시쯤인지 휴대폰을 들여다보았다. 새벽 0시 17분이었다.

가슴이 답답해서 방 안에 있을 수가 없었다. 문을 열고 마당으로 나갔다. 가을이 가고 겨울이 성큼 다가와서인지 뺨에 닿는 밤바람은 차가웠다. 한 발씩 발을 떼어놓을 때마다 발소리는 들리지 않았고 가랑잎이 밟히면서 내는 버석거리는 소리만 들려왔다. 가랑잎 부서지는 소리라도 없었더라면 꿈인지 현실인지 분간하기 어려울 정도로 나는 정신이 혼미한 상태였다.

어쩌다가 지나가는 바람처럼 문득 떠오른 죽음이란, 사실 나와는 상관없는 다른 세상일처럼 여기며 살아온 내겐 너무 느닷없는 방문이었다. 어쩌면 그것은 아버지가 돌아가시기 전까지 단 한 번도 나 자신이 죽음과 마주해 본 적이 없었기 때문일지도 몰랐다. 이렇게 말하면 받아들이지 않을 사람도 있을지 모르겠지만 죽음은 이미 살아있는 모든 이들 안에 존재하고 있는 것이 아닐까 싶었다. 말은 이렇게 하지만 솔직히 나는 지금 엄마 부음을 현실로 받아들일 수가 없었다. 그래서인지 엄마 부음은 엄마 부음이 아니라 다른 사람의 부음이었다. 지금 내가 슬퍼하는 건 나 자신의 슬픔이 아니라 엄마를 잃은 누군가의 슬픔이었다. 내 눈에서 흘러내린 눈물 역시 나 자신의 눈물이 아니라 누군가가 흘리는 눈물일 뿐이었다. 적어도 나는 그렇게 여겨졌다. 아니 그렇게 여기고 싶었다.

불현듯 엊그제 아침부터 있었던 일들이 머릿속에서 순차적으로 떠올랐다. 그날 아침에 침대에서 일어나자마자 안경알에 먼지가 끼어 있어 사물이 흐리게 보였다. 안경 닦는 천으로 안경을 닦다 별안간 안경이 침대 아래로 떨어지면서 다리 하나가 부러졌다. 하는 수 없이 보조 안경을 쓰고 방 한쪽에 놓아둔 제라늄 화분에 물을 주다가 이상하게 생긴 작고 여린 꽃망울 같은 걸 발견하게 되었다. 쪼그리고 앉아서 들여다보니 그것은 꽃망울이 아니라 잎사귀를 갉아 먹는 작은 벌레였다. 이미 잎사귀 서너 개는 벌레가 다 갉아 먹고 앙상한 줄기만 남아 있었다. 볼펜으로 벌레 등을 누르자 꼼짝도 하지 않았다. 자세히 보니 벌레가 죽어있었다. 아무리 작은 벌레지만 이토록 쉽게 목숨이 끊어질 수가 있을까 싶어서 섬뜩한 느낌마저 들었다.

그 바람에 한밤중에 엄마 부음을 받게 된 놀라운 사건의 면면, 이를테면 낮에 설렁탕집에서 설렁탕을 주문했을 때 서빙 아주머니가 설렁탕이 담긴 뚝배기를 식탁에 엎질렀고 다른 종업원이 다시 설렁탕을 가져왔을 때는 숟가락을 떨어뜨렸고 설렁탕을 다 먹고 나서 카운터로 걸어가서 지갑에 든 카드를 꺼내다가 바닥에 떨어뜨리게 되었다. 하필이면 그때 카운터로 걸어오고 있던 한 남자가 바닥에 떨어진 카드를 밟았다. 그것도 카드가 구겨지도록.

퇴근길에도 언짢은 일은 이어졌다. 버스를 타고 G시로 향했다. G시에는 유일하게 백화점이 하나 있었다. 백화점 안으로 들어가다가 잠시 발길을 멈췄다. 나 자신이 G시에 있는 전문대학을 졸업할 때까지 단 한 번도 백화점에 가 본 적이 없던 탓에 조금 어색했다. 어색한 기분을 떨쳐버리려고 가슴을 펴고 매장 안으로 들어갔다. 눈을 두리번거리며 보석 가게부터 찾았다. 보석 가게는 바로 눈앞에 있었다. 안으로 들어갔다. 진열대에는 갖가지 화려한 보석이 즐비했다. 하지만 나는 다른 것은 거들떠보지도 않고 오직 팔찌에만 눈을 주고 있었다. 다행히 별 문양이 박힌 금팔찌를 살 수 있게 되었다. 엄마가 팔찌를 보고 기뻐할 생각을 하니 기분이 짜릿했다.

백화점 문을 열고 나오다가 안으로 들어오던 한 여자와 어깨를 살짝 부딪쳤던 것 같았다. 살짝 부딪쳤는데도 어깨에 메고 있던 가방이 바닥으로 툭 떨어졌다. 충격으로 가방 안에 들어있던 녹색 우단 상자가 바닥에 떨어졌다. 상자 뚜껑이 반쯤 열리면서 상자 안에 들어있던 금팔찌가 모습을 드러냈다. 얼른 상자 뚜껑을 닫아 가방에 집어넣고 집으로 오게 되었던 일련의 일들이 머릿속에서 떠올랐다.

아마도 새벽 다섯 시는 되어야 움직일 수 있을 것 같았다. 다섯 시가 되려면 아직 세 시간은 기다려야 했다. 시간은 무거운 짐을 싣고 가파른 사막을 걸어가는 노쇠한 낙타처럼 한없이 느리기만 했다. 새벽 네 시 오십 분이 되어서야 집을 나섰다. 때마침 택시 한 대가 읍사무소 앞으로 들어오는 게 보였다. 재빨리 손을 흔들어 택시를 세웠다. 차 문을 열고 발 하나를 들여놓는 순간 등 뒤에서 "막내야!" 하고 부르는 엄마 목소리가 들려오는 듯했다. 그럴 리가 없다는 걸 알면서도 돌아보았다.

택시에서 내린 순간 서울로 가는 첫차로 보이는 고속버스 한 대가 미끄러지듯 터미널을 빠져나오고 있는 게 보였다. 달려가서 손으로 버스 옆구리를 두드리며 버스를 따라갔다. 다행히 버스가 멈추었다. 버스에 오르는 순간 기사가 차표를 달라고 했다. 나는 잠깐 현재 나 자신의 입장에 대해 짧게 설명했다. 그러자 기사가 턱을 들어 비어 있는 뒷자리에 가서 앉으라는 신호를 보내왔다. 자리에 가서 앉는데 별안간 눈물이 볼을 타고 흘러내렸다. 손으로 눈 주위를 훔쳤다. 얼마가 지났을까. 눈 주위 피부가 따끔거렸다. 문득 눈두덩이 부어 있는 얼굴이 검은 차창에 흐릿하게 비쳤다.

읍내를 빠져나온 고속버스는 어느새 고속도로 위를 달리기 시작했다. 아직 날이 밝아오지 않아서 밖은 어둠에 덮여있었다. 뜬금없이 머릿속에서 지금 상황과는 아무 관련도 없는 옛날 생각이 떠올랐다. 옛날이라고 표현했지만 따지고 보면 14, 15년 전이었다. 시골집은 오래되긴 했으나 마을에서 전망 좋은 높은 지대에 있었다. 넓은 택지에 비해 집은 그다지 크지 않았다. 방 세 칸과 주방 그리고 뒷마당에는 허름한 창고도 하나 있었다. 집 뒤쪽은 산이 가리고 있어서 겨울에도 외풍이 심하지 않은 편이었다. 집과 뒷산 경계에는 철조망으로 둘러쳐져 있었는데 그 철조망은 산짐승의 침입을 막으려고 아버지가 쳐놓은 것이었다. 나는 그 집에서 중학생 때까지 살았다.

매번 내가 학교에서 돌아왔을 때 대문에 달린 주철로 된 고리를 당기면 덜컹하는 소리를 내며 문이 열렸다. 텃밭이라고 하기에는 밭은 지나치게 넓었다. 넓은 밭에는 늘 배추와 무, 상추, 파, 호박, 가지 등이 자라고 있었다. 밭 가장자리에는 남자 둘이 팔을 벌리면 겨우 손끝이 닿을 정도로 덩치가 커다란 느티나무 한 그루가 서 있었다. 엄마 말에 의하면 수령은 백년 혹은 좀 더 나이를 먹었는지도 모른다. 나무 밑동에 서서 위를 올려다보면 푸른 잎이 하늘을 덮어 버릴 때가 많았다.

지대가 낮은 마을에서 집으로 올라가는 콘크리트 길은 그 느티나무를 우회하듯 돌아나가다가 다시 곡선을 따라 이어졌다. 앞마당에 서서 언덕 아래를 내려다보면 옹기종기 모여 있는 집과 초등학교 건물이 한눈에 들어왔다. 파란 잔디로 덮여 있는 마당은 넓었고 잔디밭 한가운데는 스프링클러가 빙글빙글 돌고 있었다. 그 스프링클러는 우리 집밖에 없었다. 손재주가 좋기로 소문난 아버지가 뒷산 골짜기에서 흘러내리는 물을 끌어다가 배관을 연결해 놓았던 것이었다.

생각해 보니 우리 집에는 별다른 문제가 없었던 것 같다. 평소 아버지는 무뚝뚝한 편인데 엄마는 늘 웃는 얼굴을 하고 있었다. 엄마는 웃는 모습이 참 예뻐 보였다. 언젠가 술이 얼근하게 취한 아버지가 자신이 총각 때 엄마 웃는 모습에 반했다고 말했던 적이 있었다.

중학교 2학년 때였다. 열네 살쯤이니 지금도 기억이 또렷하다. 어느 날 내가 학교에서 집으로 돌아왔을 때 집안에는 아무도 없었다. 텃밭과 창고에도 가 보았으나 엄마와 언니의 모습이 보이지 않았다. 언니한테 전화했으나 전화를 받지 않았다. 엄마 전화도 불통이었다. 이상하게도 불길한 예감이 엄습해 왔다. 마지막으로 아버지에게 전화해 보았다. 그러나 어찌 된 일인지 아버지도 전화를 받지 않았다.

휴대폰에 저장된 이름을 살피다가 별장집에 전화해 보기로 했다. 별장집이란 대단한 게 아니었다. 전망 좋은 야산에 자리한 자그마한 기와집을 가리켜 마을 사람들이 그냥 그렇게 불렀던 것이다. 엄마 심부름 차 몇 차례 별장집 아래에서 수박 농장을 하는 고모를 만나러 가는 길에 별장집 앞을 지나간 적이 있었다. 하지만 나는 별장집에 사는 사람에 대해선 관심이 없었다. 그런데 알고 보니 별장집 아주머니와 고모는 서로 마음이 통하는 사이였다. 그러다 보니 엄마와도 자연스럽게 가깝게 되었던 것이었다. 그런 관계는 일 년 전, 고모가 미국으로 떠난 이후에도 계속 이어졌다.

여러 차례 벨이 울렸지만 받지 않아서 끊으려고 하던 참이었다.

"여보세요? 누구세요?"

목소리의 주인공은 별장집 아주머니였다. 그때 별장집 아주머니가 한 말을 요약하면 대충 이러했다.

그날 아침, 내가 학교 간 사이 집안에는 거짓말 같은 일이 벌어졌다. 늘 같은 시간에 출근한 아버지가 책상 앞에 앉아서 행정업무를 보다가 갑자기 쓰러졌다고 했다. 읍사무소 측에서 그 사실을 알려왔고 이에 놀란 엄마와 언니가 읍사무소로 달려갔다. 하지만 아버지는 구급차에 실려 가고 없었다. 엄마와 언니가 다시 병원으로 달려갔을 땐 아버지는 이미 돌아오지 못하는 강을 건넌 뒤였다. 과로사라고 했다.

나는 믿지 않았다. 믿지 않은 것이 아니고 믿을 수가 없었다. 나는 "아니야. 거짓말이야!" 하고 소리를 질렀다. 소리를 질러서 그런지 별안간 현기증이 났다. 현기증이 어찌나 심한지 정신을 잃지 않으려면 머리를 숙이고 있어야 할 정도였다. 나는 아버지가 그렇게 허무하게 돌아가실 줄은 상상도 못 했다.

아버지를 떠나보내고 나서 엄마는 슬퍼할 겨를도 없었다. 장례비용을 마련하느라 별장집 아주머니에게 빌린 돈부터 갚아야 했기 때문에 엄마는 손목에 차고 있던 팔찌마저 팔지 않으면 안 되었다. 그렇게 아끼던 팔찌를 팔 수밖에 없었던 엄마 심정이 어땠을까 싶었으나 언니도 나도 묻지 않았다.

언젠가 술이 얼근한 아버지가 초등학교 동창인 어머니와 연애 시절 이야기를 들려준 적이 있었다. 같은 마을에서 나고 자란 두 분은 추억이 많았던 것 같았다. 결혼 전, 군인 신분인 아버지가 휴가 차 집에 들렀을 때면 엄마 손을 잡고 마을 앞 냇가 둑을 거닐곤 했다. 그때마다 엄마는 손으로 밤하늘에 반짝이는 별을 가리키며 말했다. "왠지 나는 달보다 별이 좋아." 그러자 아버지가 결혼 예물로 별 문양이 새겨진 반지와 목걸이를 사주겠다며 손가락을 걸고 약속했다. 그러자 엄마가 엷게 웃어 보이며 말했다. "나는 왠지 목걸이보다 팔찌가 더 좋더라고."

엄마 얼굴을 쳐다보며 아버지가 말했다. "그럼 별 문양 팔찌로 해줄게." 그러나 아버지는 그 약속을 지키지 못했다. 결혼 예물로 별 문양이 새겨진 14K 반지 하나만 달랑 엄마 손가락에 끼워 주었다.

언젠가 아버지가 모범 공무원에 선발되어 상패와 부상으로 금일봉도 같이 받게 되었다. 그날 별 문양이 새겨진 금팔찌를 엄마 손목에 채워주면서 아버지가 말했다. "이제사 약속을 지키게 되었구려." 별 문양이 박힌 팔찌를 받게 된 순간 엄마 얼굴이 별처럼 환하게 밝아졌다.

아버지를 떠나보내고 나서 가족이 둘러앉아 밥을 먹을 때면 엄마는 밥숟가락을 든 채 휑한 아버지 빈자리를 멍하니 바라보곤 했다. 그때마다 언니와 나는 일부러 고개를 돌려버리곤 했다. 매달 통장에 꼬박꼬박 들어온 아버지 봉급으로 살림을 꾸려오던 엄마는 살길이 막막했다.

엄마는 결심했다. 도둑질만 빼고 돈이 될 만한 건 무조건 도전하는 것. 그때부터 엄마는 돈이 된다고 생각되는 일은 가리지 않고 도전했다. 언니도 그런 엄마 뜻을 따랐다. 배추와 무를 심던 텃밭에는 토마토와 수박을 심었고 창고를 돼지우리로 개조해 돼지도 기를 생각이었다. 다행히 돼지 살 돈은 별장집 아주머니가 흔쾌히 빌려주었다. 초등학생들이 먹다 남긴 음식 찌꺼기를 돼지 사료로 충당했다. 돼지들은 이것저것 가리지 않고 잘도 먹고 잘 자랐다. 무럭무럭 자라는 돼지들은 엄마에게 한 줄기 희망과 같았다.

어느 날 갑자기 엄마 얼굴이 울상이 되었다. 돼지들이 콜레라에 걸려 자고 나면 몇 마리씩 죽어 나갔기 때문이었다. 우리 집만 그런 것이 아니었다. 읍 전체가 같은 피해를 입게 되었던 것이었다. 엄마는 죽은 돼지들을 산 밑 구덩이에 밀어 넣고 불태웠다. 지금도 눈을 감고 있으면 돼지들이 불에 타면서 나오는 딱히 어떠하다고 말할 수 없는 지독한 냄새가 풍기는 것만 같다.

돼지들이 콜레라에 걸린 사건은 지방 신문에 머리기사로 실려 있었다. 우선 <ㅇㅇ읍에서 콜레라에 걸린 돼지 집단 폐사>라는 큼직한 제목이 눈에 띄었다. 그리고 <ㅇㅇ읍에서는 가축관리가 제대로 되지 않아서 돼지 콜레라로 인근 주민들 불안 고조, 관리책임 추궁의 소리도 높아져>라는 작은 제목이 아래에 있었다. 나는 그 기사를 한 줄 한 줄 읽으면서 울먹였다.

엄마는 자신이 정성 들여 키워온 돼지를 불태우고 나서도 좌절하지 않으려고 안간힘을 다했다. 우선 빌린 돈부터 갚으려고 남의 농장에 가서 허리가 휘도록 일했으나 빚 갚기에는 턱없이 부족했다. 게다가 궂은일은 꾸준히 생겼다. 홍수로 뒷산이 무너져 뒷마당은 흙탕물로 덮였고 나중에는 흙탕물이 앞마당에까지 흘러들어 텃밭에 심어놓은 참외와 토마토를 몽땅 덮고 말았다.

결국 엄마는 살던 집을 헐값에 팔 수밖에 없게 되었다. 하지만 집 판 돈은 우선 돼지 살 때 진 빚부터 갚아야 했다. 엄마는 다시 한번 마음을 다잡았다. 언니와 둘이 서울로 가서 닥치는 대로 돈을 벌어야겠다고. 서울로 떠나기 전날 나를 앉혀놓고 엄마가 말했다.

"막내는 졸업이 얼마 남지 않았으니 그때까지만 학교 기숙사에서 지내. 그리고 졸업하면 서울로 오도록 해."

전문대학을 졸업하기만 하면 당장 서울로 갈 줄 알았다. 그런데 변수가 생기고 말았다. 졸업을 사흘 앞두고 읍사무소 측에서 순직한 아버지 딸인 나를 촉탁 직원으로 일할 수 있게 해준다고 하는 연락을 해 왔다. 가족과 함께 살지 못하고 외톨이로 살아가야 하는 것은 분명 불행한 일이었다. 하지만 촉탁직 공무원이 된다는 사실은 더 없는 행운이란 생각이 들었다.

첫 출근 하던 날 읍사무소 직원 모두가 하나같이 친절하게 대해 주었을 뿐만 아니라 나 자신이 맡게 될 업무에 대해서도 자상하게 가르쳐 주어 별 어려움 없이 일할 수 있게 되었다. 대부분 막내가 그러하듯이 나 역시 자라면서 가족의 사랑을

듬뿍 받고 살았다. 그랬던 나 자신이 엄마와 언니를 떠나 홀로 살게 될 줄이야.

아침 아홉 시 반경에 고속버스가 강남터미널에 도착했다. 택시를 타고 S 병원 장례식장으로 들어가는 마지막 커브 길을 돌 때만 해도 회색 구름이 하늘을 덮긴 했어도 비는 내리지 않았다. 별안간 하늘에서 번개가 몇 차례 번쩍이더니 곧 빗방울이 차창에 떨어졌다. 빗방울이 얼마나 굵은지 차체를 때리는 빗소리가 차 안까지 들릴 정도였다. 비에 젖은 회색 페인트로 칠한 장례식장 담장은 기분 나쁘게 번들거렸다. 회색 담장 너머 세상은 다른 세계처럼 느껴졌다. 그 느낌은 아무 생각 없이 지나가다가 얼핏 보기만 해도 보는 사람의 생각을 일순간에 바꿔놓을 뿐만 아니라 무의식 속에 잠재해 있던 어떤 두려움마저 불러올 수 있을 것만 같았다.

택시에서 내린 순간 사각형 블록이 깔린 바닥에 빗물이 군데군데 물웅덩이를 만들고 있었다. 흰 바탕에 검은 글씨로 된 '장례식장'이란 글자를 보는 순간 강렬한 아픔이 온몸을 덮쳤다. 출입문을 열고 들어갔다. 데스크에 앉아 있던 제복 입은 경비가 자리에서 일어나며 물었다.

"저, 몇 호?"

내가 낮게 말했다.

"2호"

경비가 알려준 대로 2호실은 복도 입구 쪽에 있었다. 복도를 걸어가는 사람 모두 우산을 포장 비닐에 넣고 걸어갔다. 그러나 우산이 없던 나는 머리부터 발끝까지 빗물이 뚝뚝 떨어졌다. 축축한 공기가 복도에 떠돌았다.

미친 듯이 2호실로 들어갔다. 그런데 이상했다. 영정사진 속 사람은 엄마가 아닌 모르는 사람 얼굴이었다. 국화꽃 냄새와 향냄새가 뒤섞인 기분 나쁜 냄새가 위독한 환자를 싣고 달리는 구급차처럼 급격하게 내 몸속으로 달려들었다. 정말이지 그 냄새는 속이 울릴 정도로 지독했다. 무엇에 쫓긴 사람처럼 나는 서둘러 2호실에서 나와 버렸다.

언니한테 전화해 호실을 확인했다. 언니는 2호실이 아니고 12호실이라고 했다. 언니가 알려준 대로 12호실은 복도 끝에서 오른쪽으로 꺾어진 곳에 자리하고 있었다. 빈소에 놓인 영정사진 속에서 환하게 웃고 있는 사람은 엄마였다. 나도 모르게 영정사진을 덥석 잡았다. 영정사진을 들고 있는 손이 가늘게 떨리더니 나중에는 온몸까지 떨려왔다. 나는 영정사진을 끌어안고 그 자리에 주저앉아서 통곡했다. 옆에 있던 언니도 통곡했다.

다음 날 아침이 되었다. 언니와 나는 내내 울기만 했다. 울다가 어느 순간 고개를 들어보았다. 그런데 이상했다. 언니 모습이 보이지 않았다. 알고 보니 언니는 입관실에 가 있었던 것이었다. 참관실과 입관실 사이에는 유리 부스로 칸막이가 설치되어 있어서 안에 있는 사람 얼굴이 다 보였다. 이미 엄마는 수의를 입은 채 관 속에 누워 있었다. 관 속에 누워 있는 엄마 모습은 평소에 보아오던 잠든 모습 같아 보였다. 장례지도사가 언니와 나를 불러 망자에게 인사하라고 했다. 언니가 먼저 엄마 곁으로 다가가서 또박또박 말을 했다.

"엄마! 지켜드리지 못해 죄송해요. 부디 하늘나라에서 아버지와 행복하게 사세요."

그러나 나는 갑자기 머릿속이 복잡해졌다. 만약 엄마가 또 하나의 다른 세상(아버지의 세계)으로 들어간다면 거기에는 과연 죽음이란 것이 없을까? 하는 엉뚱한 생각 말이다. 과연 흙으로 돌아가게 될 엄마의 육신이 진정한 엄마일까? 그것도 아니면 눈에 보이지 않는 영혼이 진정한 엄마일까? 나는 말도 하지 않고 어떤 결론도 내리지 못한 채 우두커니 서 있기만 했다.

곧 입관 담당자가 손짓으로 언니와 나를 참관실 쪽으로 나가 있으라고 했다. 참관실로 나온 뒤 언니와 나는 끌어안고 울기만 했다. 사흘 동안 그렇게 눈물을 흘렸는데도 눈물은 끝도 없이 흘렀다. 어쩌면 사람 몸속에는 그토록 많은 눈물을 담아두고 있었을까 싶었다.

언니 말에 의하면 그날 엄마는 늘 일해오던 D 건물 청소를 하다가 돌층계에서 넘어져 머리를 심하게 다쳤다고 했다. 며칠에 한 번씩 세제를 뿌려 돌계단을 닦아왔는데 마침 그날이 세제를 뿌리고 청소하는 날이었다. 계단에 쓰러져 있는 엄마를 발견하기까지 시간이 얼마나 지체됐는지 아무도 알지 못한다고 했다. 갑자기 기온이 떨어져 평상시와는 달리 사람들이 계단을 이용하지 않고 주로 엘리베이터를 이용했기 때문에 발견이 늦어졌다고 했다.

한 목격자에 의하면 엄마 이마에서 시작해 정수리까지 예리한 무엇으로 도려낸 것처럼 상처가 상당히 깊었다고 했다. D 건물 측에서 정신을 잃은 엄마를 구급차에 싣고 S 병원응급실로 갔다고 하는 소식을 전해 듣게 된 언니가 S 병원으로 달려갔을 때는 이미 엄마는 언니도 알아보지 못하는 상태였다고 했다. 구급차에 동승했던 경비 말에 의하면 세 명의 의사가 달라붙어 세 시간에 걸쳐 찢어진 혈관을 하나하나 연결하고 나서 피부를 접합했다고 했다. 그러나 엄마는 영영 깨어나지 못하고 말았다고 했다.

보름 전 공무로 서울에 갔다가 곧 내려와야 했기 때문에 나는 엄마 얼굴이라도 보고 오려고 엄마가 좋아하는 붕어빵을 사 들고 테헤란로에 있는 D 빌딩으로 찾아갔다. D 빌딩은 주위 건물들을 압도할 정도로 우뚝 솟아있었다. 건물 전면은 마치 거대한 공룡을 바라보는 듯한 느낌을 주었다. 현관 입구에 설치되어 있는 인식 장치가 나를 인식하지 못해 삐삐 소리를 내는 바람에 긴장할 수밖에 없었다. 그때 대빗자루처럼 삐쩍 마른 경비가 다가와서는 누굴 만나러 왔느냐고 물었다. 청소 담당 아주머니 딸이라고 말하자 경비가 환하게 웃는 얼굴을 드러내 보이며 계단 쪽으로 안내했다. 그때 저만치서 대걸레로 계단을 닦고 있는 엄마 손놀림은 로보트 청소기같이 일정한 리듬을 타고 움직였다.

엄마도 근무 중이고 나 역시 시간에 쫓긴 터라 들고 간 붕어빵만 엄마와 함께 계단에 쪼그리고 앉아서 나누어 먹고 돌아올 수밖에 없었다. 그것이 엄마 얼굴을 본 마지막이 될 줄이야.

언젠가 고모가 손목에 금팔찌를 차고 집에 왔을 때였다. 그때 민소매 원피스를 입고 있는 고모 손목에 찬 팔찌는 다이아몬드 조각이 여러 개 박혀 있어서 눈이 부실 정도였다. 한동안 눈길을 고모 손목에 주고 있던 엄마가 얼굴에 엷은 미소를 지어 보이며 말했다.

"형님, 팔찌가 참 이쁘네요. 이거 어디서 샀어요?"

"응. 이거, 작년에 서울 사는 딸애가 생일 선물로 사준 거야."

"풀어 봐요. 나도 한 번 차보게."

잠시 후, 팔찌를 손목에 찬 엄마 얼굴이 환해졌다. 그러더니 한동안 팔찌를 요리 보고 조리 보고 나서 말했다.

"이 팔찌는 오래전 애들 아빠가 사준 팔찌랑 디자인은 비슷한데 다이아만 몇 개 박혀 있고 별 문양은 없네."

그렇게 말하고 나서 엄마는 희미하게 웃어 보였다. 희미하게 웃고 있는 엄마의 모습을 본 순간 언니 마음이 몹시 짠했던 모양이었다. 당시 대학생 신분이었던 언니가 틈틈이 과외해서 번 돈으로 이듬해 엄마 생일 선물로 팔찌를 준비했다. 엄마 생신날 언니가 팔찌를 엄마 손목에 채워 드리는 순간 별안간 엄마 얼굴에는 옛날처럼 미소가 되살아나고 온몸에도 활기가 넘쳐났다. 그 모습을 본 순간 갑자기 가슴이 뭉클함을 느꼈다. 그런데 이상했다. 슬픈 일도 아닌데 공연히 눈물이 났다. 나만 운 게 아니었다. 엄마도 언니도 다 같이 눈시울이 붉어졌다. 곧 우리 세 모녀는 똑같이 울다가 나중에는 깔깔대고 웃었다.

안타깝게도 그 팔찌 역시 오래지 않아 팔 수밖에 없었다. 집주인이 보증금을 올려달라고 통보해 왔고 통장에 남아있는 돈으론 모자랐기 때문이었다. 그 무렵 나는 언니로부터 엄마 팔찌를 또다시 팔 수밖에 없었다고 하는 말을 전해 듣게 되었다. 순간 마음이 너무 아픈 나머지 잠이 오지 않았다. 하지만 종일 민원인을 대하느라 지쳐있던 터라 어느 순간 잠이 들고 말았다. 그날 밤 나는 악몽에 시달리게 되었다. 군데군데 얼룩이 져 있는 엄마 팔찌를 깨끗하게 씻으려고 세면기 물을 틀어놓고 닦다 그만 하수구에 빠뜨리고 말았다. 아무리 안을 들여다보아도 보이지 않았다. 하는 수 없이 철사를 하수구에 넣고 빙빙 돌려보았다. 하지만 끝내 팔찌는 나오지 않았다. 놀란 나머지 눈을 번쩍 떴다. 그제야 나 자신이 악몽을 꾸었다는 사실을 알게 되었고 잠에서 깨어난 순간 나는 엄마와 영상 통화를 시도했다. 곧 휴대폰 화면에 엄마가 나타났다. 내 쪽에서 먼저 말했다.

"엄마, 지난번 언니가 사준 팔찌를 또 팔았다면서요? 우리 엄마 엄청 섭섭했겠다."

화면 속에 보이는 엄마는 쓸쓸히 웃어 보이며 "넌 별일 없니?" 하고 딴전을 피웠다. 딴전을 피우는 엄마 속마음을 엄마 딸인 내가 어찌 모르겠는가.

얼마 전에도 공무 차 서울에 올라갔다가 새로 이사한 집에 들른 적이 있었다. 엄마와 언니가 모두 나가고 없는 줄 알면서도 궁금했던 것이었다. 설마 전에 살던 집보다야 낫겠지, 하고 속으로 생각했다.

전에 살던 집은 구불구불한 골목을 따라 깊숙이 들어갔다. 여기가 끝인가 생각하면 또다시 미로처럼 끝이 보이지 않는 막다른 골목에 있었다. 다시 돌아오는 길을 찾아낼 수 있을지 걱정이 될 정도였다. 아무리 방값이 싼 변두리 동네라고 할지라도 그 정도일 줄은 예상하지 못했다. 게다가 밤이 되면 가로등이 없어서 어둡기까지 했다. 어둡다는 표현이 어울리지 않을 정도로 골목은 어둠에 덮여있었다. 만약 지나가던 사람이 주먹으로 얼굴을 때려도 때린 사람의 얼굴을 알아볼 수 없을 정도였다. 엄마와 언니는 막다른 그 골목에 있는 초라한 집에서 삼 년을 살았다.

그런데 새로 옮긴 집으로 들어가는 골목은 넓기도 했으나 무엇보다 밝아서 좋았다. 집도 지은 지 얼마 되지 않아서 그런지 돌로 된 외벽도 깨끗해 보였다. 게다가 창틀이며 유리까지 반질반질 윤이 났다. 마당에 들어서자 예순이 넘어 보이는 주인아주머니가 밝은 표정으로 언니로부터 연락을 받았다며 문 앞까지 안내했다. 전에 살던 집 출입문은 얇은 알루미늄으로 돼 있었는데 출입문이 무거운 주물로 되어 있었다. 아무리 강한 충격을 받더라도 손상되지 않을 것 같아보였다.

언니가 일러준 비밀번호를 누르고 문을 열고 안으로 들어갔다. 방안 역시 눈이 부실 정도로 환했다. 햇볕이 이 정도로 들어오면 겨울철 난방비 절약도 되겠다는 생각이 들었다. 무엇보다 방이 넓어서 좋았다. 전에 살던 방은 키가 일 미터 칠십인 언니가 다리를 뻗고 눕지 못하고 새우처럼 허리를 구부리고 자야 했다.

아직 짐이 제자리를 잡지 못한 듯 보였다. 엄마와 언니를 기다리며 짐을 정리하다가 우연히 엄마가 사용하는 작은 종이 상자 안에 들어있는 손바닥만 한 노트를 발견하게 되었다. 거기에는 이렇게 씌어있었다. '팔찌야 있어도 그만 없어도 그만이지만 우선 아이들과 함께 살 집이 중요하니까.' 그 문장은 엄마가 내게 말하는 것 같았다. 그 메모를 다시 한번 들여다보다 나도 모르게 혼자 중얼거렸다. '엄마! 왜 솔직히 말 안 해요? 팔찌가 없으니 손목이 허전하다고. 엄마! 조금만 기다려주세요. 이 막내딸이 팔아버린 팔찌와 똑같은 팔찌를 엄마 손목에 꼭 채워 드릴게요.'

이튿날 당장 은행에 들러 일 년 만기 적금 하나를 따로 들어놓았다.

적금이 만기 되던 날 통장에 찍힌 액수를 들여다보았다. 나는 속으로 생각했다.

'그래, 이 돈이면 엄마가 마음에 들어 할 금팔찌 하나는 충분히 살 수 있을 것이야.'

엄마 손목에 팔찌를 채워준다고 생각하니 기분이 짜릿해졌다. 팔찌를 사서 엄마와 언니에게 깜짝 놀라게 해주어야겠다고 생각해서 그런지는 몰라도 새롭고 신나는 세상이 눈앞에 펼쳐지는 것만 같았다. 문서를 작성하느라 늦은 시각까지 컴퓨터 자판을 두드리며 짜릿한 리듬을 탔다. 완성된 보고서를 출력한 순간 자신이 쓴 문장을 읽으며 이제 나도 업무에 익숙해지고 있구나, 하는 생각을 하다 문득 짜릿한 쾌감까지 느껴졌다. 불현듯 며칠 전 언니가 전화해서 하던 말이 떠올랐다.

“엄마는 표현은 하지 않았지만 늘 팔찌를 끼고 있던 손목이 허전했던 모양이야. 글쎄 한번은 쓰레기통에 버려진 군데군데 칠이 벗겨진 도금한 팔찌를 주워서는 닦고 있더라고.”

“그런 일이 있었어?”

“그렇다니까.”

“그날 내가 말했어. 엄마 아무리 손목이 허전해도 그렇지. 남이 쓰레기봉투에 버린 팔찌를…. ‘이것 좀 봐. 팔찌에 별 모양이 박혀 있잖니. 나는 이상하게도 별 문양 팔찌만 보게 되면 왠지 기분이 좋아지는 것이야.’ 하며 웃더라고.”

그때 나는 언니가 하는 말을 듣는 내내 마음이 아팠다.

하루만 미리 왔더라면 엄마 손목에 팔찌를 끼워드릴 수 있었을 텐데. 그러지 못한 게 한이 되었다. 그때 머리에 떠오르는 게 있었다. 순간 옳거니. 하고 나는 생각했다. 내 생각을 언니에게 말했다.

“언니, 방법이 하나 있긴 해.”

“어떤?”

“내일 장지에 가서 팔찌를 엄마 무덤에 묻어두고 오는 것이야.”

그러나 언니 생각은 달랐다.

“장지에 온 사람이 많을 텐데 팔찌를 무덤에 묻고 가면 누군가에 의해 무덤이 파헤쳐져 팔찌를 도둑맞게 될 것이야.”

나는 언니 말을 듣지 않았다. 재빨리 팔찌를 넣어둔 상자가 가방에 들어있는지 확인했다. 다행히 상자는 가방 안에 들어

있었다. 평소 엄마는 주변에서 화장장 이야기가 나오면 늘 이렇게 말하곤 했다.

"난 말이야. 뜨거운 불 속에서 들어가는 건 두 번 죽는 것 같아서 싫어. 아니 생각만 해도 섬뜩해."

평소 엄마가 원하던 대로 엄마 시신을 공원묘지에 모시기로 했다. 마침내 장례 버스가 경기도에 있는 하늘 공원묘지에 도착했다. 하늘 공원묘지는 이름 그대로 지대가 높아서 하늘에 닿을 듯했다. 묏자리는 언덕으로 올라가는 중간쯤에 있었다. 이미 공원묘지 관리 사무실 사람들이 구덩이를 파 놓은 상태라서 입관식은 순조롭게 진행되었다. 관이 구덩이로 다 내려가고 나서 남자 셋이서 삽으로 흙을 떠서 덮기 시작했다. 그 모습을 본 순간 언니와 나는 부둥켜안고 울기 시작했다.

어느새 봉분이 다 만들어졌다. 봉분에 잔디를 입히고 난 뒤 사람들이 하나둘씩 언덕 아래로 내려갔다. 나는 얼른 가방을 열었다. 그런데 이상한 일이었다. 가방 안에 팔찌가 없는 것이었다. 다급한 목소리로 내가 말했다.

"언니, 팔찌가 안 보여. 내가 버스에서 떨어뜨렸나?"

잠시 침묵 끝에 언니가 말했다.

"버스에서 떨어뜨렸으면 떨어지는 소리가 났겠지. 네가 이럴까 봐 내가 미리 버스에 둔 내 가방에 넣어뒀어."

나는 그만 봉분 앞에 털썩 주저앉고 말았다. 절망을 느낀 나머지 버럭 소리를 질렀다.

"언니! 왜 그랬어? 내가 말했잖아. 무덤에 묻어둘 거라고. 언니, 진짜 왜 그랬어?"

나는 설움이 북받쳐 올라 말을 잇지 못했다.

손으로 내 눈가를 닦아주며 낮은 목소리로 언니가 말했다.

“팔찌는 우리가 잘 보관해 두었다가 엄마가 보고 싶을 때마다 엄마 보듯이 팔찌를 꺼내 보는 건 어떨까.”

어느새 해가 서쪽 하늘가로 옮겨갔다. 봉분에 심어놓은 잔디가 저녁노을을 받아 붉게 물들고 있었다. 나와 언니는 똑같이 사흘 내내 굶은 터라 거의 탈진 상태였다. 휘청거리며 앞에서 걷고 있는 언니 뒤를 따라 언덕을 내려갔다. 언덕을 다 내려올 때까지 언니와 나는 말이 없었다. 장례 버스는 언덕 아래 평평한 길가에 세워져 있었다. 기사가 버스에 시동을 걸었다. 배기통에서 희뿌연 연기가 뿜어져 나왔다.

언니와 나는 버스에 오르다 말고 약속이나 한 듯이 동시에 고개를 돌려 언덕 쪽을 바라봤다. 그러나 이미 날이 저문 데다가 거리가 멀어서 봉분은 그게 그거처럼 보였다. 언니가 입술을 깨물며 말없이 내 손을 꼭 잡았다. 나도 언니 손을 꼭 쥐었다. 붉은 해를 뒤로 하고 버스가 공원묘지 정문을 빠져나왔다. 집으로 돌아오는 버스 안에서 내 머릿속에서는 오직 별 문양이 새겨진 팔찌만 떠올려지고 있었다.

땜빵

땜빵

난생처음 S 재활병원에서 땜빵 일을 하게 되었다. 땜빵 일을 해보겠다고 결심하게 된 건 며칠 전 남편과 싸우고 나서였다. 솔직히 말해 싸웠다는 말은 좀 과장된 표현이다. 그냥 가볍게 다퉜다. 원인은 외국 여행 때문이었다. 저녁을 먹고 나서 남편과 단지 내 오솔길을 산책하다가 불현듯 머릿속에서 어느새 우리 부부도 예순을 목전에 둔 나이가 되었다는 사실을 깨닫게 되었다. 순간 남편을 쳐다보며 불쑥 한마디 했다.

"여보! 우리도 한 번 정도는 외국 여행을 다녀와야 하는 거 아닌가요?"

10초 정도 지나서야 남편이 말했다.

"미안해. 내가 무능해서."

"왜 비약이야."

"비약이 아니고 사실이 그렇잖아."

"그만둡시다. 말을 꺼낸 내가 잘못이지."

그 뒤로 더는 대화를 나누지 않았고 누가 먼저인지 그날 밤 우리 부부는 침대에서 등을 돌리고 누웠다. 그게 전부였으니 다퉜다기보다는 말문을 닫아버렸다고 해야 맞는 표현일 것이다. 아무튼 우리 부부는 각자 자존심이 상해 있었다. 둘 다 마음이 상한 상태라서 그런지 자정이 넘도록 남편은 잠을 이루지 못하고 줄곧 몸만 뒤척였다. 나 역시 머릿속에서 이런저런 상념이 떠오른 탓에 몸을 뒤척이다가 뜬눈으로 밤을 보내다시피 했다. 그런 미묘한 분위기는 사흘간 계속됐다.

금요일 오후, 모처럼 집에 돌아온 남편 손에는 얇은 책 한 권이 들려 있었다. 남편은 말없이 들고 있던 책을 식탁 위에 놓고 방으로 들어갔다. 책을 집어 펼쳐보니 여행안내서였다. 순간 동공이 커진 눈길이 안내서에 가 있었다. 동유럽이든 서유럽이든 패키지로 다녀와도 한 사람당 400만 원 이상 비용이 필요했다. 부부가 다녀오려면 최소한 1000만 원은 있어야 가능할 것 같았다.

잠시 후 운동복으로 갈아입은 남편이 식탁 앞에 앉아서 한숨만 쉬고 있는 내 모습을 발견하고 맥이 빠진 듯 낮은 목소리로 말했다.

"우리 이제부터 십 년 만기 적금 하나 들까?"

갑자기 내 목소리가 높아졌다.

"그걸 말이라고 해요. 십 년 후면 우리 나이가 몇인 줄 아세요? 내 친구들은 벌써 10년 전부터 아시아권은 물론이고 동서유럽을 다 돌고 이제부터는 미국 여행을 계획한다고 들었어요. 그러면서 젊어서는 해외를, 나이 들어서는 국내를 돌아봐야 한다고 하더군요. 다들 인생을 잘 살아온 거지. 나만 빼고."

"왜 당신이 잘못 살아. 누가 뭐래도 당신은 아주 모범적으로 살아온 사람이야. 그건 내가 인정해."

누가 뭐래도 우리 부부가 성실하게 살아온 건 틀림없었다. 결혼 초 서울 변두리 달동네 달랑 방 한 칸에서부터 시작해서 무려 17년 만에 마흔아홉 평짜리 새 아파트를 분양받아 입주했다. 새 아파트를 분양받을 때 은행에서 빌린 돈도 10년간 원금과 이자를 꼬박꼬박 갚아나가면서 쌍둥이 딸도 대학에 보냈다. 그럴 수 있었던 건 무엇보다 남편이 휴일도 쉬지 않고 펑크 난 자동차 타이어나 깨진 도로 땜빵 일 등을 가리지 않고 성실히 해온 덕분이었다. 게다가 나 자신이 결혼 전 잠깐 입시학원 강사로 일했던 경험을 살려 과외 한 번 안 시키고 쌍둥이 공부를 봐준 것도 한몫했을 것이다.

얼마 전 쌍둥이 딸을 시집보내고 나니 비로소 우리 부부는 둘만의 한가로운 시간을 갖게 되었던 것 같다. 주말이면 남편도 주민센터 삼 층에 새로 생긴 헬스장에 나가고 나 역시 지역 문화센터에 가서 저렴한 비용으로 꽃꽂이도 배우고 전통차에 대해서도 배울 수 있게 되었다. 그렇다고 집안 사정이 해외여행 갈 정도로 여유가 있는 건 아니었다.

나는 결심했다. 우리 부부가 해외여행에 필요한 경비는 내 손으로 마련해 보겠다고. 그때부터 나는 내가 할 수 있는 일자리를 찾아보기로 했다. 지역 신문을 가져다가 꼼꼼히 살펴봤다. 식당 알바, 건물 청소, 가사도우미 등. 신문을 접으며 혼잣말을 했다.

'어떤 일이든 주 2, 3회 정도 일할 수 있는 곳이면 좋겠는데.'

그날 아침은 마침 주말이라 좀 여유가 있었다. 식탁 앞에 앉아서 지역 신문을 다시 펼쳐 들었다. 그때 순자 언니한테서 전화가 걸려 왔다

"애, 너 간단한 알바 안 해볼래? 뭐 그렇게 어렵지도 않아. 초보자도 할 만 하거든."

"그게 뭔데요. 나 안 그래도 소일거리라도 해볼까 맘먹고 있었는데."

"잘 됐다. 간병인 알지? 병원에 입원한 환자를 돌봐주는 일. 그거야. 그걸 근데 어쩌다가 기존 간병인이 개인 사정이 있거나 쉴 때 그 일을 대신해주는 걸 우리끼리 그냥 전문용어처럼 땜빵이라고 해."

"그걸 땜빵이라고 한다구요? 우리 남편 하는 일도 땜빵인데. 웃긴다. 호호호."

"참, 니 남편 무슨 일 한다고 했지?"

"줄곧 펑크 난 타이어만 땜빵해 왔는데 얼마 전부터는 가끔 구멍 난 도로 땜빵도 하기 시작했어요."

"그래. 바로 그거야. 흔히 구멍 난 곳을 메우는 일을 비속어로 땜빵한다고 하잖니. 그렇게 이해하면 돼."

"그럼 기존 간병인은 뭐라고 불러요?"

"간병인 또는 본방이라고 부르기도 해. 본래 이 병원에 고

정 땜빵이 둘 있었어. 하필이면 오늘 한 여자가 집에 일이 있어서 땜빵을 못 한데잖아. 내가 갑자기 급한 일이 생겼거든."

"시간당 얼만데요?"

"땜빵은 시급이 아냐. 하루 일하고 10 정도."

"글쎄. 내가 그 일을 감당할 수 있을…."

"기본적으로 거동이 불편한 환자에게 손발이 되어 주는 일이라고 생각하면 돼. 환자에게 배당된 시간표에 따라 환자를 휠체어에 태우고 재활치료실에 다녀오는 정도라서 초보자도 할 수 있어."

생각지도 못한 돌발 상황 앞에 나는 안 된다고 말할 수도 없고 된다는 말도 할 수가 없어서 잠깐 머뭇거렸다. 다그치듯 순자 언니가 또 말했다.

"9시까지 S 병원에 도착하면 돼. 솔직히 일당 10이면 나쁘지 않잖아. 안 그래? 그렇게 알고 있을게."

나도 나쁘지 않다고 생각돼 용기를 내보기로 했다.

"좋아."

'그래. 나도 열심히 땜빵 일을 해서 우리 부부도 꿈에 그리던 해외여행을 하는 거다.'

아직 자고 있는 남편 머리맡에 포스트잇에 달랑 한 줄의 글(순자 언니가 급히 오라고 하네요)을 적어놓고 집을 나섰다. 며칠째 내리던 비도 그친 상태라서 날씨는 더없이 화창했다. 매미가 맹렬하게 울어대는 미루나무 밑에서 지하철역으로 향하는 마을버스를 기다렸다. 지하철에서 내린 후, 경사가 좀 심해 보이는 언덕길을 따라 빠른 걸음으로 10분 정도 걸었다. 긴장해서인지 호흡이 가빠지면서 콧마루에도 땀이 송골송골 맺혔다. 휴지로 한 차례 콧잔등을 닦았다. 디귿자 형태로 지어진 S 병원 건물은 무척 커 보였다. 순자 언니가 9시까지 오라고 했는데 다행히 8시 40분경 S 재활병원 입구에 도착했다.

묵직한 유리문을 밀고 안으로 들어갔다. 널따란 로비에 들어서는 순간 제일 먼저 눈에 들어오는 광경은 청소도구가 가득 담겨있는 커다란 플라스틱 통을 밀고 지나가는 청소부 아저씨와 전동청소기로 바닥을 닦는 아주머니의 모습이었다. 그 아주머니 뒤로 휠체어를 탄 환자들과 뒤에서 그 휠체어를 미는 간병인 몇이 무슨 이야기를 나누며 복도를 지나갔다. 별안간 화장실이 가고 싶었다. 화장실 위치를 알리는 안내판을 찾았으나 병원 납품 물자로 보이는 커다란 박스들이 쌓여있어서 잘 보이지 않았다. 다행히 박스 틈으로 화장실이 보였다.

화장실에서 나왔을 때는 이미 시계는 8시 56분을 가리키고 있었다. 벽면에 엘리베이터를 가리키는 화살표를 따라 뛰어갔다. 그런데 엘리베이터가 4대씩이나 작동되고 있었다. 어떤 엘리베이터를 타야 할지 몰라 두리번거리고 있는데 때마침 왼쪽 가슴에 S 재활병원 마크가 새겨진 청색 유니폼을 입은 젊은 남자 둘이서 이쪽으로 걸어오고 있었다. 그들 앞으로 다가서며 내가 물었다.

"저, 301호 병실을 가려고 하는데…."

"네. 바로 저쪽에 보이는 원무과를 지나면 엘리베이터가 보일 겁니다. 그걸 타고 올라가시면 됩니다."

엘리베이터 앞에 도착했을 때 엘리베이터는 이미 지하 4층에 내려간 상태였다. 마음이 급해진 나는 계단을 뛰어 올라갔다. 계단엔 기묘한 적요감을 주는 동시에 정체불명의 소독 냄새가 코를 자극해 왔다. 301호는 복도 맨 끝에 있었다. 다행히 9시 정각이었다. 급히 병실 문을 열고 들어갔다. 병실에는 침대가 다섯 개 놓여 있고 침대마다엔 커튼이 쳐져 있었다. 그리고 창가에는 제라늄 화분 하나가 달랑 놓여있었다. 이미 순자 언니는 외출준비를 끝낸 상태였다. 순자 언니는 오늘 내가 해야 할 일을 적어놓은 메모지를 건네곤 늦었다며 급히 병실 문을 열고 나갔다. 당황한 나머지 복도까지 좇아가며 내가 말했다.

"순자 언니! 환자에 대한 정보를 알려 줘야지. 그냥 가면 어떻게 해."

"그 메모지에 다 있어. 그래도 모르는 게 있으면 앞에 환자를 보는 김 여사한테 물으면 알려줄 것이야. 아! 참. 김 여사도 땜빵이야."

메모지부터 들여다보았다. 오늘 내가 해야 할 일은 환자를 휠체어에 태우고 일 층 재활치료실로 내려가서 두 차례 치료를 받게 해야 했다. 10시 물리치료, 11시 작업치료. 주말이라 오후 치료는 없었다.

일단 숨을 한번 길게 내쉬어 마음을 가다듬었다. 조심스럽게 환자 곁으로 다가가서 낮은 목소리로 내가 말했다.

"안녕하세요. 오늘 땜빵 온 사람입니다."

나직한 목소리로 환자가 말을 했다.

"네. 말씀 들었습니다. 죄송한데 제가 지금 큰 걸 했거든요. 저기 노란 상자 안에 기저귀가…."

"네. 알겠습니다."

"미안해요. 오시자마자…."

"신경 쓰지 마세요. 생리적인 문제잖아요."

순자 언니가 병실을 나가면서 어쩌면 환자가 항생제 부작용으로 설사를 하게 될지도 모른다고 귀띔해 주었다. 막상 기저귀를 펼치니 역한 냄새가 코를 자극해 와 나도 모르게 눈살이 찌푸려졌다. 그렇더라도 나는 마음을 다잡고 기저귀를 빼내고 나서 미지근한 물로 환자 엉덩이를 씻겼다. 그런 다음 일회용 기저귀로 갈아 채웠다.

비록 환자는 하체가 완전 마비 상태였으나 상체에서 뿜어져 나오는 광채와 젊음은 눈이 부시도록 아름다워 보였다. 올해 38살 된 환자는 나이에 비해 무척 동안이었다. 얼굴이 예쁘게 생겨서 그런지 20대 중반으로밖에 보이지 않았다.

갑자기 김 여사가 자신이 보는 환자에게 소리를 질렀다.

"그래서 지금 허벅지에 화상을 입었다는 거야. 아니잖아! 아니면 된 거 아냐?"

다른 간병인 둘과 단비란 이름을 가진 30대 초반 뇌 환자 딸을 돌보는 아주머니가 눈이 휘둥그레져서 이쪽으로 몰려왔다. 알고 보니 김 여사가 커피를 환자에게 건네다 커피잔이 기울어지면서 환자 허벅지에 뜨거운 커피가 튄 모양이었다. 그런데도 김 여사는 미안해하긴커녕 오히려 소리를 지른 것이었다. 다행히 환자 허벅지는 발갛게 보이긴 해도 화상 입을 정도는 아니었다. 단비 어머니가 가까이 다가오더니 내 귀에다 대고 가늘게 말했다.

"아이고 저놈의 성질… 맨날 저런 식으로 환자를 대하니 땜빵만 3년째지. 본 간병인이 임플란트 시술인가 뭔가 하러 간 바람에 열흘 정도 땜빵하고 있어."

그때였다. 말끔하게 생긴 한 젊은 남자가 어린 남매를 데리고 병실로 들어왔다. 단비 어머니가 눈짓으로 내가 보는 환자 남편이라고 알려주었다. 주말마다 아기 아빠가 아이들을 데리고 환자를 보러 온다고 했다. 별안간 환자가 인형처럼 생긴 어린 남매를 품에 안고 눈물을 뚝뚝 흘렸다. 그러다가 어깨를 들썩이더니 나중에는 소리 내 흐느꼈다. 끝내 아기 아빠마저 눈시울이 붉어졌다. 곧 다섯 살, 세 살 정도로 보이는 어린 남매도 따라서 울기 시작했다. 마침내 단비 어머니의 눈에도 눈물이 고여 있었고 나 역시 눈앞이 흐릿해졌다. 문득 나 자신의 존재가 모처럼 가족이 함께하는 시간에 끼어든 불청객 같은 생각이 들어 슬그머니 자리를 피해주었다. 복도를 서성이고 있는데 단비 어머니가 다가오며 말했다.

"세상에 아직 저 나이에 결혼 안 한 사람도 많은데 어린 남매까지 둔 아기 엄마가. 쯔쯔쯔."

단비 어머니 말에 의하면 아기 엄마가 하반신 마비를 불러온 원인은 이러했다. 어느 날 아기 엄마는 비 떨어지는 소리를 듣고 밖으로 달려 나가 마당에 널어놓은 빨래를 걷어 돌층계를 뛰어오르다 그만 미끄러져 허리뼈가 부러지고 말았다고 했다. 급히 병원으로 옮겨져 수술을 받았으나 안타깝게도 수술

예후가 좋지 않게 되었다고.

마음이 너무 아픈 나머지 아기 아빠와 아이들이 돌아간 이후에도 작업치료 시간을 깜빡 잊고 말았다. 작업치료실에서 보내온 연락을 받고서야 치료 시간이 5분이나 지나버린 사실을 알게 되었다. 환자에게 주어진 치료 시간이 30분인데 이미 5분이 지났으니 엘리베이터를 타고 내려가는 시간까지 합하면 환자가 받게 될 치료 시간이 겨우 20분밖에 되지 않았다.

하반신이 완전 마비 상태인 환자를 안아서 휠체어에 앉히는 일은 간단치 않았다. 다행히 단비 어머니가 다리를 들어 주고 내가 상체를 들고서야 겨우 환자를 휠체어에 태울 수 있었다.

주로 몸체와 다리 근육 힘을 길러 주는 물리치료와는 달리 작업치료는 마비된 환자 손 근육을 집중적으로 늘려주는 치료라고 환자가 말했다. 작업치료실로 가는 엘리베이터 안에서 나는 환자에게 미안하다는 말을 몇 차례 했다. 오늘 상황이 상황인지라 자신도 치료 시간을 까맣게 잊고 있었다고 환자가 말했다. 다행히 담당 치료사 선생님이 마지막 시간이라 치료 시간을 10분 늘려주었다.

환자를 데리고 병실로 돌아왔을 때였다. 김 여사가 다가와서는 이상한 말을 했다.

"여사님, 아무리 봐도 팔자 센 사람 같지는 않아 보이는데. 언제부터 싱글이 되셨어요?"

"저 보고 하시는 말씀이세요?"

"그럼 여기 여사님 말고 누가 또 있나요?"

"저 싱글 아니에요. 남편 있어요."

"그래요? 남편이 있는데 땜빵 왔어요?"

"가만히 보면 땜빵 오는 한국 여사님 대부분은 이혼 아니면 졸혼한 경우가 많더라고요."

"그럼 김 여사님도?"

"우리 남편은 한국 나온 지 2년 만에…."

"그럼 김 여사님은 외국에서 오신 건가요? 어느 나라… "

"많이 들어보셨을 텐데. 조선족이라고."

"아, 네."

남편과 아이들이 돌아간 이후부터 환자 얼굴이 어두워 보였다. 나는 조심스럽게 환자에게 다가가서 조용히 말했다.

"커튼으로 가려 드릴 테니 잠시 눈을 좀 붙여보세요."

"네. 감사합니다."

그렇게 말한 후, 환자는 눈을 감았다.

5분 정도 지났을까. 옆 침대 쪽에서 김 여사가 단비 어머니와 둘이서 소곤거리기 시작했다. 이상하게 소곤대는 소리가 귀에 거슬렸다. 환자 역시 그 소리가 귀에 거슬리는지 계속 몸을 뒤척였다. 내가 옆 침대로 가서 낮게 말했다.

"조용히 좀 해주실래요. 우리 환자가 소곤거리는 소리가 신경이 쓰이나 봐요."

김 여사는 시큰둥한 얼굴을 드러내 보이곤 밖으로 나가버렸다. 단비 어머니도 뒤를 따랐다. 환자가 눈을 감은 걸 확인하고 나서 나도 잠깐 보조 침대에 누웠다.

잠시 후, 환자가 작은 소리로 말했다.

"여사님, 이상하게 잠이 안 오네요. 목이 컬컬해서 그런지 갑자기 아이스크림 생각이 나네요."

병실 벽에 걸린 시계는 8시 45분을 가리키고 있었다. 밤 9시만 되면 병실에 불이 꺼진다고 단비 어머니가 말했던 것 같았다. 마음이 급해진 나는 가까스로 환자를 휠체어에 태우고 얼른 일 층 편의점으로 가서 아이스크림 두 개를 사서 환자와 각각 하나씩 나누어 먹었다. 그러고는 재빨리 엘리베이터를 탔다.

3층에서 내린 후, 복도 모퉁이를 돌아 병실 쪽으로 가는데 별안간 차가운 공기가 밀려왔다. 간병인 몇이 초조해 보이는 표정을 하고 복도를 서성였다. 아니나 다를까. 병실 쪽에서 낯선 젊은 남자가 고함지르는 소리가 들려왔다. 휠체어를 빠르게 밀어 얼른 그쪽으로 가 보았다. 어찌 된 일인지 병실에는 휠체어가 들어갈 자리가 없을 정도로 사람들로 꽉 차 있었다.

"당신 죽으려고 환장을 했구먼! 그래. 어디 내 손에 한 번 죽어봐!"

이성을 잃은 듯 주먹으로 김 여사 뺨을 철썩철썩 소리가 나도록 때리는 젊은 남자는 김 여사가 보는 환자 아들이라고 했다. 아들은 작은 키에 뚱뚱하고 콧수염까지 기르고 있어서 인상이 독특했다. 아들이 숨을 헐떡일 때마다 긴 콧수염이 검은 천처럼 흔들렸다. 아들이 몇 차례 고함을 지르고 나서는 눈에 불을 켜고 구둣발로 김 여사 배와 허벅지를 사정없이 짓밟았다.

곁에서 악을 쓰며 소리를 지르고 있는 젊은 여자는 아들과 얼굴 생김새가 닮아 있어서 환자 딸임을 단박에 알 수 있었다. 남매의 눈에서는 하나같이 비수 같은 살기가 느껴졌다. 잠깐 아들이 병실 천장을 올려다보고 숨을 고르는 사이 딸이 별안간 김 여사 머리카락을 잡고 사정없이 잡아당겼다. 곧 아우성을 치는 김 여사 머리털이 수컷 사자의 갈기처럼 날렸다. 분을 이기지 못해 길길이 뛰는 남매의 모습은 흡사 어미를 잃은 새끼 사자들의 포효를 보는 듯했다.

순식간에 김 여사 얼굴이 보라색을 띠며 부어올랐다. 급기야는 바닥에 널브러진 김 여사 입에서 붉은색을 띠는 거품이 뿜어져 나왔다. 그런데도 누구 하나 말리는 사람이 없었다. 누구든 말렸다가는 서슬이 퍼런 아들 주먹이 언제 날아올지도 모를 그런 분위기였다. 눈으로 보고도 나는 눈앞에서 벌어지고 있는 상황을 믿을 수가 없었다. 솔직히 환자만 아니면 당장 집으로 돌아가고 싶은 심정이었다.

그때 들것을 맞잡은 구급대원 둘이 병실로 들이닥치며 말했다.

"자. 자. 좀 비켜 주세요."

구급대원이 환자를 들것에 싣고 병실을 빠져나갔다. 어제만 해도 멀쩡하던 환자 얼굴은 윤곽을 알아보기 어려울 정도로 퉁퉁 부어있었다. 딸도 이것저것 환자 짐을 챙겨 급히 병실을 뛰쳐나갔다. 병실을 나가던 아들이 돌아보며 김 여사를 향해 또 한 차례 소리쳤다.

"당신 말이야. 만약 울 엄마가 잘못되기라도 하는 날엔 당신도 무사하지 못할 줄 알라고. 알겠어?"

별안간 김 여사 코에서 선홍색 피가 줄줄 흘러나왔다. 김 여사가 기침을 한 차례 하다가 나중에는 구역질까지 했다. 김 여사가 자신의 손바닥에 토해낸 붉은 핏물 속에는 이빨 하나가 같이 섞여 있었다. 짓뭉개진 코와 생니가 빠져나간 잇몸에서 흘러내리는 피는 좀처럼 멈추지 않았다. 떨리는 손으로 휴지를 들고 다가가 피를 닦아주었다. 곧 김 여사가 금방이라도 숨이 넘어갈 듯한 목소리로 말을 했다.

"아이고 사람 살려. 아이고 배야. 제발 나 좀 살려줘요."

나는 황급히 벽에 있는 비상벨을 눌렀다. 곧 간호사가 달려와서 김 여사에게 물었다.

"여사님! 배가 어떻게 아파요?"

"죄송합니다. 선생님."

"저한테 죄송할 건 없고요. 이춘자 환자한테 그 와파린이 얼마나 중요한 약인 줄 알면서… 응급실로 실려 간 환자 상태가 어떨지…."

"내가 죽으려고 환장을 했나 봐요."

나는 널브러져 있는 김 여사의 얼굴을 내려다보았다. 헝클어진 파마머리는 사자머리 같아 보였고 얼굴은 군데군데 시퍼렇게 멍이 들어있었다. 김 여사는 자신이 이대로 죽을 것 같다고 생각된 모양이었다. 별안간 간호사의 바짓가랑이를 붙들고 애원하듯이 말했다.

"선생님 제발 저 좀 살려 주세요…… 흐흐흑. "

"의사 선생님께 말했으니 조금만 기다려요."

잠시 후, 남자 간호사와 여자 간호사가 들어와서 김 여사를 휠체어에 태우고 병실을 나갔다. 아마도 밖에 구급차가 와 있는 모양이라고 단비 어머니가 말했다.

한바탕 폭풍이 지나간 병실에는 무거운 침묵만 쌓여갔다. 누구도 입을 여는 사람이 없었다. 눈앞에서 벌어진 상황을 보고도 도무지 현실 같지 않았다. 마치 공포영화를 본 것 같았다.

내가 처음 병실에 들어왔을 때 김 여사가 웃는 얼굴로 다가오더니 간병에 대해 나름 조언을 해주었다.

"내가 땜빵만 3년째 해봐서 어느 정도 아는데 환자 돌보는 사람은 잠시도 긴장을 늦추면 안 돼요. 인지가 문제없는 환자는 상관없으나 인지가 부족하거나 안 되는 환자는 약을 잘 챙기지 않으면 사고가 생길 수 있기 때문에 늘 긴장하지 않으면 안 돼요. 간병이 쉬운 일은 아니에요. 하긴 돈 버는 일이 어디 쉬운 일이 있던가요. 그래도 할 만해요. 수입도 괜찮은 편이라."

"네. 그런데 김 여사님이 보시는 환자분은 어디가 아프신데요?"

"우리 환자는 심장이 나빠요. 그래서 혈액을 묽게 해주는 와파린이란 약 이름을 붉은 글씨로 침대 난간에다 저렇게 써 붙여 놨잖아요. 혹시 깜빡 잊을까 봐."

그랬던 김 여사가 어쩌다가 대형 사고를 쳤는지…. 나는 헐거워진 침착성의 나사를 단단히 조이려고 애쓰며 병실을 둘러봤다. 불현듯 내 눈길이 김 여사가 보던 환자 침대가 빠져나간 자리에 가서 꽂혔다. 침대가 놓여있을 때는 공간이 그다지 넓다고 생각하지 않았는데 막상 침대가 빠져나간 자리는 의외로 휑한 느낌이었다. 휑한 느낌은 한 존재가 사라진 빈자리, 하나로 묶여있던 세월이 산산이 흩어진 빈 자국, 그 빈 자국 위로 채워진 건 무거운 침묵뿐이었다. 무덤 속 같은 침묵을 깬 사람은 수간호사였다. 수간호사는 병실에 들어서자마자 간병인들을 모아놓고 주의 사항을 말해주었다.

"어떤 상황에서도 환자 약을 빠뜨리면 안 된다는 사실을 눈으로 보셨으니 더 이상 말씀드리지 않겠습니다. 환자 보는 일이 그렇게 호락호락하지… 오늘 새로 땜빵 오신 여사님도 마찬가집니다."

수간호사가 말을 하는 동안 환자나 간병인 모두 얼굴이 굳어있었다. 아침에 겪은 일이 너무도 충격적이라서 내가 단비어머니에게 다가가 낮은 목소리로 물었다.

"좀 전에 두 분이 무슨 이야기를 하시느라 그렇게 중요한 약까지….”

"김 여사가 하는 얘기는 맨날 뻔한 레퍼토리지. 매번 자기 돈으로 값비싼 굴비를 사서 남친에게 구워 멕이고… 800만 원씩이나 빌려주고 받지 못했다나 뭐라나 그러면서 뭣 하러 그 남친을 자꾸 만나느냐고 하면 자기도 피식 웃어. 그놈의 정이 뭔지. 그게 마음대로 안 되나 보더라고. 알고 보면 김 여사도 참 딱한 사람이야. 엄청 의가 좋았던 남편이 갑자기 교통사고로 떠났거든. 그때부터 저렇게 마음을 못 잡고… 환자 돌보는 일도 간병인 마음이 안정된 상태라야지. 원 저렇게 맨날 붕

떠 있어서. 결국 이렇게 엄청난 사고를 저지르고 말았잖아. 쯔쯔쯔. 내가 보기엔 그 환자 살 가망성은 거의 없어 보여. 얼굴은 부은 데다가 이미 눈두덩이 푹 꺼졌잖아."

"아픈 사람이 눈두덩이 꺼지면 위험한가 보지요."

갑자기 단비 어머니가 얼굴을 커튼 안으로 쑥 들이밀고는 들릴 듯 말 듯 한 목소리로 말을 했다.

"옛 어른들이 그러셨어. 오래 앓고 있던 환자가 어느 날 갑자기 눈두덩이 쪽이 푹 꺼지면 가망이 없다고."

어떻게 하루가 지나갔는지 정신이 하나도 없었다. 마치 꿈을 꾼 것만 같았다. 벌써 11시가 다 되었다. 나는 그제야 남편한테 문자를 보냈다.

"여기 순자 언니가 일하는 병원이에요. 자세한 내용은 낼 아침에 가서 설명할게요. 미안해요. 베란다 쪽 창문 꼭 닫고 주무세요. 빨래를 널어놨거든요."

마침내 날이 밝아왔다. 간밤에 병실에 있던 환자는 물론이고 간병인 모두 뜬눈으로 보냈다. 내가 환자를 데리고 욕실에 다녀오니 그새 아침 밥차가 와 있었다. 환자 밥을 챙겨주고 있는데 단비 어머니가 다가와서 말했다.

"여사님! 다음 주말에 땜빵 좀 와 주실래요? 가만히 보니 성격도 침착하고 환자한테 정성을 다하는 모습이 마음에 드는데. 다음 주말에 내가 급히 집에 다녀와야 할 일이 생겼거든요."

나는 아무 말도 하지 않은 채 마비된 환자 손만 주무르고 있었다. 그러자 단비 어머니가 다가와서 애원하듯 말했다.

“여사님, 내가 교통비로 만원 더 얹어 드릴게.”

그때 순자 언니가 헐레벌떡 병실로 들어오면서 말했다.

“얘, 수고했다. 얼른 가봐. 하필 주말이라 네 남편 혼자 두고 왔겠구나.”

병실을 나온 뒤 엘리베이터를 다고 일 층 로비에서 내린 후, 화장실로 들어가서 순자 언니가 건네준 봉투를 들여다봤다. 봉투 안에는 만 원권 지폐 열두 장과 작은 메모지 하나가 같이 들어있었다. 얼른 메모지부터 펼쳐보았다.

‘고생했다. 경험도 없는 너를 억지로 땜빵을 시켜서. 어땠어? 할 만하던? 넌 충분히 잘할 수 있을 거라 믿었어. 하긴 누군 뭐 엄마 뱃속에서부터 세상 것 다 배워서 나온 건 아니잖니? 다 이렇게 저렇게 경험을 쌓아가는 거지. 안 그래? 땜빵 자리 나면 또 연락할게.’

병원을 나오고 나서 단숨에 전철역까지 달려갔다. 아파트 단지로 들어가는 골목 어귀에 난데없는 트럭이 길을 막고 서 있었다. 남자 둘이서 구멍 난 타이어를 빼고 새 타이로 갈아 끼우고 있었던 것이었다. 하는 수 없이 트럭 뒤를 돌아 단지로 들어가는 쪽문 쪽을 향해 걸어갔다.

문 앞에 도착한 순간 행여 남편 기분이 상해 있지나 않을까 해서 일부러 초인종을 눌러보았다. 남편이 문을 열어주는 순간 활짝 웃는 얼굴을 보여줘야겠다고 나는 생각했다. 그러나 집 안에서는 아무런 반응도 없었다. 하는 수 없이 남편과 내 생일을 합한 숫자 여섯 자리를 눌렀다. 철컥하고 문이 열렸다.

현관문 비빌 숫자 여섯 자리를 우리 부부 생일로 한 건 잘한 일이었다. 쌍둥이 딸을 다 시집보내고 우리 부부가 취한 일련의 조치였다.

텅 빈 집안에는 고요함만 채워져 있었다. 집안 어디에도 남편의 흔적은 보이지 않았다. 도대체 어디에 간 걸까? 욕실에 있는 걸까? 단지 내 산책길을 돌고 있는 걸까? 아니면 근처 마트에 갔을지도 모른다고 생각했다. 남편은 이따금 주말이면 생필품을 사러 마트에 가는 걸 좋아했다. 그럴 때면 나도 동행하곤 했다. 전쟁과도 같은 한 주를 다시 시작하려면 주말엔 푹 쉬어야 할 텐데. 도대체 어디에 간 걸까?

심각한 얼굴을 하고 문득 눈길을 식탁 쪽으로 보냈다. 식탁에 놓인 쪽지를 발견하고 얼른 펼쳐보았다. 모처럼 남편이 고향 친구와 저녁 약속이 잡혀있다고 적혀 있었다. 남편은 간단한 메모도 대충 적는 법이 없었다. 반듯반듯한 글씨체로 적어놓은 메모는 단어 하나 쉼표 하나도 틀리지 않았다. 나도 모르게 미소가 지어졌다. 살아오면서 매사에 반듯하고 정확한 남편 존재가 조금은 버겁게 느껴질 때도 없지 않았으나 나는 그런 남편에게 신뢰가 갔다.

요즘 들어 부쩍 자주 느끼는 감정이지만 삼십 년 넘게 남편 그늘 속에서 편히 살아왔구나 싶었다. 생각해 보니 살아오면서 단 하루도 남편 그늘을 벗어나 본 적이 없었다. 처음으로 남편 그늘을 벗어나 홀로 세상과 부딪쳐본 하루는 열흘 같았다.

남편은 군에서 제대하고 나서부터 줄곧 자동차 수리 센터에서 타이어만 전문으로 수리하는 기술을 익힌 사람이었다. 언제부턴가 남편은 비록 규모가 작더라도 손수 자동차 수리 센터를 운영하는 게 꿈이었다. 그러나 그 꿈은 쉽게 이루어지지 않았다. 꿈을 현실로 만들어 보겠다며 악착같이 일해 적금을 부었다. 그러나 그 적금은 아파트 대금을 치르는데 몽땅 쓰이고 말았다. 하는 수 없이 늘 해오던 자동차 타이어 땜빵 일만 계속할 수밖에 없었다.

난생처음 S 재활병원에 땜빵을 갔다가 목격하게 된 일련의 충격 탓일까. 욕실에서 나오다가 무릎이 꺾어지는 느낌을 처음으로 경험하게 되었다. 아마도 긴장되었다가 풀린 다리 근육이 아직 제 자리로 돌아오지 않아서 그런 모양이라고 나는 생각했다.

그날 밤, 나는 침대 위에서 전에 없이 몸을 뒤척이고 있었다. 밤 10시경 돌아온 남편이 다가와서는 낮은 목소리로 말했다.

"당신 왜 잠을 못 자고 그래?"

처음엔 남편한테 땜빵 일을 갔다 겪게 된 이야기를 들려주려고 했다. 그러나 내 입에서 튀어나온 소리는 엉뚱했다.

"내가 지금 무슨 생각 하고 있는지 당신은 모르죠?"

"무슨 생각?"

"이 아파트 처음 분양받아서 이사 온 날 새벽까지 우리 둘이서 소주 3병을 다 마시고 같이 울었잖아요. 생각 안 나요?"

"내가 언제 울었다고 그래? 당신이 울었지. 허허허."

"그때 내가 가구가 없어 휑한 방을 들여다보며 '아! 아쉽다. 벽 사이즈에 맞는 옷장 하나라도 들여다 놨으면'하고 말했더니 당신이 내 손을 잡으면서 '옷장은 천천히 사더라도 등기부등본 을구 란에 근저당 설정된 부분만 깨끗이 지워지면 세상 걱정 없겠어.'라고 했잖아요."

남편 역시 그때가 생각나는지 대답 없이 흐뭇한 미소를 지어보였다.

그런 시절이 있었지만 어느덧 우리 부부에게도 세상 걱정 없는 날이 찾아와주긴 했다.

입주한 지 10년 만이었다. 지금도 그날의 감격을 잊을 수가 없다. 어느 날 퇴근한 남편이 환한 얼굴을 드러내 보이며 들어왔다. 집안에 들어서자마자 남편은 등기부등본부터 펼쳐 보이며 이렇게 말했다.

"여보, 우리도 이제부터 세상 걱정 없이 살 수 있게 됐어. 근저당 설정이 해제된 줄은 알고는 있었지만 막상 내 눈으로 직접 확인하니 감회가 새롭더라고. 허허허. 당신도 이리 와서 한번 봐요."

그날 나는 근저당 설정이 말끔히 지워진 등기부 등본 을구란을 확인하고는 나도 모르게 울먹였다. 남편도 눈시울이 붉어졌고 우리 부부는 한참을 끌어안고 거실을 빙글빙글 돌았다. 마치 새로운 세계의 기쁨이 손아귀에 쥐어진 듯 우리 부부의 가슴은 벅차올랐다.

나는 그날의 회상에 빠진 남편을 보며 말했다.

"당신이 등기부 등본 확인 시켜 주던 날 우리 둘이서 맥주 세 병을 놓고 이런저런 애기를 하느라 밤을 세웠잖아요. 그날엔 정말 기분이 하늘을 날 것만 같았어요."

"맞아. 그랬었지. 다 당신 덕분이야."

본래 심성이 착한 남편은 무엇이든지 잘 된 일은 그 공을 다 내게 돌리곤 했다. 나 역시 그런 남편을 존중하고 신뢰했다.

병원 복도와 병실에서 맡아지던 정체불명의 냄새를 떠올리며 나는 잠시 생각을 정리해 보았다. 환자 아들에게 생니가 빠지도록 얻어맞고 온몸에 피멍이 든 김 여사 얼굴 위로 꽃다운 38살 나이에 하반신이 마비된 아기 엄마 얼굴이 오버랩 된 순간 나도 모르게 가슴이 먹먹해지면서 한숨이 나왔다. 불현듯 아기 엄마는 건강에 펑크가 난 상태이고 김 여사는 정신에 구멍이 난 게 아닌가 싶었다. 나도 모르게 이렇게 중얼거렸다.

'그까짓 해외여행 좀 안 가면 어떤가. 우리나라에도 얼마든지 좋은 곳이 많은데. 앞으로 우리 부부 남은 인생길에 땜빵할 일만 없기를 바랄 뿐이야.'

그때 욕실 문을 열고 나온 남편이 수건으로 머리에 물기를 닦고 나서 내게 물었다.

"어제 순자 씨가 왜 당신을 급히 불러낸 거야?"

"별일 아니에요. 순자 언니가 급히 시골 다녀올 일이 생겨서 언니가 보던 환자를 대신 돌봤어요."

나는 시치미를 뚝 떼고 눈을 감고 가만히 있었다. 남편도 더 이상 묻지 않았다. 갑자기 남편이 이불 속으로 불쑥 들어왔다. 별안간 이불이 산처럼 치솟았다. 남편 몸에서 상큼한 비누 향이 많아졌다. 그날 밤, 남편은 어느 때보다 격하게 내 가슴을 파고들었다. 그러나 내 머릿속에서는 땜빵이란 단어밖에 떠오르지 않았다.

성 재활 교실

성 재활 교실

3월 7일 금요일. 프롤로그

AM 11: 30

올해 43살 된 김성수는 오늘 오후 3시부터 K 재활병원 A동 507호 성 재활 교실에서 행해질 성 학습을 떠올리며 기대에 부풀어있었다. 몸이 불완전마비 상태인 그는 얼마 전 아내가 마련해준 전동휠체어를 타고 갈 것인가, 아니면 장애인 택시를 타고 갈 것인가 고민 중이었다.

PM 12: 30

그는 아침 겸 점심으로 아내가 만들어놓은 참치김밥 한 줄과 바지락을 넣고 끓인 된장국을 먹고 나서 외출할 준비를 서둘렀다. 전동휠체어를 타고 아파트 단지를 벗어나 찻길과 마주한 순간 그의 뺨을 스치고 지나가는 바람은 그다지 차게 느껴지지 않았다. 기온은 영상 12도. 춥다고 하기도 그렇다고 따뜻하다고 말하기에도 애매한 그런 날씨였다.

K 재활병원으로 향하는 도로에는 꼬리를 이은 차량이 도심을 향해 달리고 있었다. 거리를 지나가는 사람들 대부분은 무겁고 칙칙한 겨울옷을 벗어버리고 가볍고 화사한 봄옷 차림을 한 채 저마다 밝은 표정을 드러내 보이며 각기 다른 방향으로 걸음을 재촉했다. 다만 몇몇은 잠시 발길을 멈추고 신호등 앞에서 빨간불이 파란불로 바뀌기를 기다리고 전동휠체어에 앉아 있는 김성수를 힐끗힐끗 쳐다보곤 했다.

그가 남자치고는 워낙 인상이 부드러운데다가 반면에 어깨는 쩍 벌어져 있어서 남자다워 보였기 때문일지도 몰랐다. 다만 그가 43살이 되었다는 것을 드러내는 것은 정수리 부분의 머리숱이 적고 관자놀이 부분에 흰머리가 몇 올 보인다는 것뿐이었다.

문득 그는 한때 자신의 몸을 자랑스럽게 여기던 때를 떠올렸다. 과거 그의 모습은 누가 보더라도 스포츠카 광고에 어울릴만한 외모를 지닌 남성이었다. 아마도 그 자신이 스포츠카 광고 모델이 되고 싶었다면 모델이 되었을 수도 있었을 것이다. 몸 전체가 균형이 잡힌 데다 온몸에 리듬감과 운동감마저 흘러넘쳤으니 말이다.

집을 떠나 K 재활병원까지 오는 동안 그의 머릿속에 떠오른 것은 오로지 그 시절 생각뿐이었다.

PM 2: 30

마침내 K 재활병원 앞에 도착했다. 집에서 병원까지는 약 40분 정도 걸린 셈이었다. 그는 이곳에 입원해 있으면서 매일같이 물리치료실과 작업치료실을 오가며 2년간을 보냈다. 병원에서 지낼 때는 몰랐는데 병원은 평지보다 지대가 꽤 높은 곳에 자리하고 있었다. 주위에는 아무것도 볼만한 것이 없었다. 한쪽은 삼각산 한 자락과 다른 한쪽은 오래된 주택 몇 채만 보일 뿐이었다.

그는 일 층 로비에서 전동휠체어를 타고 A동 5층으로 올라가는 엘리베이터를 탔다. 이상하게도 A동 5층을 오르내리는 엘리베이터는 한산한 편이었다. 엘리베이터만 한산한 게 아니었다. 한산하긴 복도도 마찬가지였다. 복도 벽면에는 507호 성 재활 교실을 알리는 손바닥만 한 화살표가 붙어 있었다. 그 화살표를 따라가다 보니 불이 환하게 켜져 있는 곳이 보였는데 그곳은 언어치료실이었다. 불빛만 환할 뿐 언어치료실도 조용해 보였다.

복도 끝자락에는 성 학습실을 운영하는 P 의사 집무실이 보였다. 벽면에 붙어 있는 성 재활 교실을 가리키는 또 하나의 화살표는 오른쪽 방향을 가리켰다. 그런데 복도 오른쪽으로 꺾어지는 복도는 의외로 좁았다. 그 앞을 원무과 직원으로 보이는 젊은 여성 둘이 무슨 이야기를 나누며 지나갔고 인턴으로 보이는 남자 둘이 뒤를 따랐다. 그는 일부러 전동휠체어를 천천히 몰았다. 행여 그 자신이 복도를 오가는 사람들의 호기심의 대상이 될까 해서였다. 평소 그 자신이 자존심이 상해할 때는 눈동자에 힘이 들어가 있는 경우가 많았다. 그는 그런 자신을 잘 알기에 자존심을 상해하지 않기로 마음먹었다. 그러나 그는 이미 체내의 온 신경이 눈동자로 몰려올 준비가 된 것처럼 경직돼 있었다. 다행히 성 재활 교실 앞 복도를 지나는 사람은 더 이상 보이지 않았다.

마침내 성 학습실이 눈앞에 나타났다. 순간 그는 전동휠체어를 멈추었다. 문은 휠체어가 쉽게 드나들 수 있게 미닫이로 되어 있었다. 한 손은 전동휠체어 손잡이를 잡고 또 다른 한 손으로 문을 옆으로 밀었다. 문은 스케이트를 타듯 반대 방향으로 미끄러졌다. 흐릿한 불빛 아래 앉아있는 환자들은 모두 세 명뿐이었다. 그들은 서로 무슨 이야기를 주고받느라 그가 문을 열고 들어온 것조차 알아차리지 못하고 있는 듯 보였다.

안내서에 적힌 내용을 살펴보니 그날 성 재활 교실에서 성 학습을 받게 될 사람은 그를 포함해 남자 셋과 여자 셋으로 되어 있었다. 그런데 그때까지 모인 환자는 김성수를 포함해 모두 넷밖에 되지 않았다.

교실 벽에 걸린 시곗바늘이 2시 50분을 가리킨 순간 스르르 하고 문이 열렸다. 70대로 보이는 남자 환자가 지팡이에 의지한 채 조금 비틀거리는 걸음으로 들어왔다. 한쪽 손의 기능이 약해 보이는 걸 보니 그 환자는 편마비 환자임을 알 수 있었다. 곧이어 40대 중반쯤으로 보이는 한 여성이 나타났다. 그 여성 역시 지팡이를 짚은 채 조금 비틀거리는 듯한 자세로 걸어와서는 그의 앞자리에 앉았다. 그의 예상과는 완전히 다르게 알고 보니 그 여자는 30대 중반이었다. 그녀는 평범한 청바지에 흰색 티셔츠를 입고 무릎담요를 허리까지 덮고 있었고 숱이 많은 검은 머리가 폭이 좁은 얼굴 양쪽 귀를 덥수룩하게 가리고 있었다.

이상했다. 그는 어째선지 좀처럼 그 여자의 얼굴이 낯설게 느껴지지 않았다. 머리를 좌우로 흔들다가 문득 깨닫게 되었다. 지금 자신이 그런 문제로 신경 쓸 때가 아니라는 것을. 지금 자신이 신경 써야 할 문제는 곧 진행될 성 학습이었다. 그 생각을 하니 갑자기 몸이 후끈 달아오르면서 묘한 기분에 사로잡혔다. 그는 그런 자신의 모습이 행여 앞자리에 앉아 있는 여자에게 들킬세라 창밖을 바라보며 흥분된 마음을 가라앉히려고 애를 썼다. 자신보다 먼저와 있던 환자 셋 중 한 사람은 50대 중반으로 보이는 남자이고 나머지는 50대 초반으로 보이는 여성과 60대 중반으로 보이는 여성이었다. 그들은 서로 아는 사이인지 자기들끼리 무슨 이야기를 주고받느라 다른 환자들한테는 눈길조차 주지 않고 있었다.

증권회사 팀장이었던 김성수는 어느 날 과로로 쓰러지며 책상 모서리에 허리를 심하게 부딪쳤고 결국 요추 5번 골절로 인해 심한 하반신 장애를 입게 되었다. 즉시 수술을 받았으나 예후가 좋지 않은 탓에 그는 현재 불완전마비로 장애 3등급을 받은 상태이다. 불행은 거기서 끝이 아니었다. 신체 마비가 발기부전마저 불러오고 말았던 것이었다.

그는 몇몇 재활병원을 전전하다 마지막에는 K 재활병원에서 이년 반 동안 재활 치료를 받았고 두 달 전이 되어서야 지팡이에 의지한 채 퇴원해 집에서 지내고 있다. 그러다가 우연히 이번 주 금요일부터 시작되는 K 재활병원 507호 성 재활 교실에서 오후 3시부터 성 학습이 열리게 된다는 정보를 전해 듣고 참가하게 된 것이었다.

그가 퇴원할 당시 P 의사가 처방해 준 경구용 발기부전 약을 몇 차례 복용한 적이 있었지만 좀처럼 발기부전이 해소되질 않았다. 퇴원하던 날 P 의사는 만약 복용한 약 효과가 떨어지게 되거나 효력이 없을 경우엔 주사약을 처방해 주겠다고 말했다. 그러면서 발기부전 주사약은 열에 여덟아홉, 그러니까 80~90퍼센트 정도가 성공을 거둔다는 말도 잊지 않았다.

그 생각을 하는 사이 벽 시곗바늘이 3시 55분을 가리켰다. 그때 키가 훤칠한 인턴이 들어왔다. 그 인턴과는 퇴원하던 날 P 의사 방에서 한 차례 인사를 나눈 터라 고개만 끄덕여 보였다. 인턴도 손을 들어 아는 체를 해왔다. 인턴이 벽에 있는 스위치를 누르자 전등이 환하게 비추었다. 불이 환하게 비치자 수군거리던 소리도 뚝 그쳤다. 그것은 곧 성 학습을 진행하게 될 P 의사가 도착할 시간을 알리는 신호이기도 했다. 마침내 교실 벽에 걸린 둥근 모양의 벽시계 바늘이 2시 55분을 가리키고 있었다.

PM 2:58

문이 열린 순간 손에 파일을 든 P 의사가 미소 띤 얼굴을 하고 들어오면서 말했다.

"여러분 그동안 잘 지내셨습니까? 어때요? 퇴원해서 집에 계시니까 좋지요. 오! 저쪽에 앉아계시는 똑같이 환의를 입은 두 분은 오늘 처음 보는 얼굴인 것 같은데. 안녕하세요? 제가 오늘부터 매주 금요일 이 시간에 성 학습을 지도하게 될 P 의사입니다. 잘 오셨습니다. 환영합니다. 허허허."

그러나 환자들은 하나같이 무표정한 얼굴을 드러내 보이고 있을 뿐 아무런 반응이 없었다. 고개를 들어 한 차례 주위를 둘러보고 나서 P 의사가 또 말했다.

"왜 다들 이렇게 표정이 굳어 계십니까. 우선 어깨를 쫙 펴고 가슴을 앞으로 쑥 내민 상태에서 입으로 휴! 하고 숨을 길게 내뿜어보세요. 그러면 긴장감이 풀어질 겁니다. 여기는 여러분이 잠시 잃어버렸던 행복을 되찾아 드리게 될 성 재활 교실입니다. 거듭 말씀 드리지만 여러분은 이 성 재활 교실에서 성 학습을 받게 되면 한동안 잃어버렸던 행복을 되찾게 될 것입니다. 표정을 보니 아직 제가 하는 말이 믿어지지 않으시는 분도 계시는 것 같군요. 자, 그럼 믿어지지 않더라도 저와 함께 영상물부터 한번 살펴보도록 하겠습니다."

P 의사의 말이 떨어지자마자 벽에 부착된 스크린에 그림이 비쳤다. 그것은 아주 오래된 사진 같아 보였다. 사진이 워낙 낡아서 얼굴 윤곽은 잘 보이지 않았으나 모델이 취한 자세가 어떤 메시지를 담고 있는지는 알 수 있을 것 같았다. 거기에는 상당히 늙어 보이는 한 여성이 갓난아기를 품에 안은 채 아름

다운 정원이 바라보이는 벤치에 앉아서 환하게 웃고 있었다.

P 원장이 사진을 설명하기 시작했다.

"우선 여러분이 성 학습에 들어가기 전에 긴장된 마음을 푸시라는 의미에서 몇 가지 사진을 준비했습니다. 우선 이 사진은 1997년 63세 된 미국 여성이 인공수정으로 젊은 여성의 난자를 이식받아 2.9 킬로그램의 건강한 딸아이를 낳았을 당시 찍은 사진입니다. 이 여성이 세계 최고령 임신한 경우입니다. 당시 미국 의학계에서는 산모의 건강을 고려해 55살 이상인 여성에게 남자의 정자를 잘 이식해주지 않는 것으로 알려져 있었습니다. 그런데 이 할머니는 너무도 아이를 갖고 싶은 나머지 자신의 나이를 50살로 속였던 것입니다. 이때까지만 하더라도 세계 최고령 여성 출산 연령이 62살로 이탈리아인이었습니다. 그런데 그 기록이 깨진 셈이지요. 기록이 깨짐으로써 당시 의학계에선 과연 산모 나이를 얼마로 제한해야 할지가 새로운 문제로 대두되기도 했습니다."

그때 환자들이 술렁이기 시작했다. 약 30초 정도 지났을까. P 의사가 다시 말을 이어갔다.

"이건 놀랄만한 일도 아닙니다. 과거에는 60세를 넘은 사람이 성에 관심을 가지면 주책이라고 했는데 지금은 다릅니다. 최고령 산모만 있는 게 아닙니다. 최고령 아기 아빠도 많습니다. 일일이 다 언급할 수는 없습니다. 몇 사례만 말씀드리도록 하겠습니다. 기록에 따르면 피카소가 90세에 자식을 낳았다고 합니다. 그리고 아마 젊으신 분들은 잘 모르실 수 있겠지만 오래전 '노트르담의 꼽추'란 영화가 있었습니다. 이 영화는

빅토르 위고의 동명 소설이 영화의 원작으로 알려져 있습니다. 이 영화에 등장하는 유명한 배우 지나 롤로브리지다와 함께 출연한 안소니 퀸이 84세에 자식을 낳았다고 알려져 있기도 합니다. 그 밖에도 세계 기네스 기록에 따르면 멕시코 총리며 배우 겸 화가, 작가였던 92세 남성 아빠도 있고 90세에 아빠가 된 버니 에클레스톤, 96세 아빠가 된 인도의 한 남성 그리고 미국 대통령 당선자인 도널드 트럼프 역시 70세에 부인 멜라니아 사이에 아들을 낳은 사실 등…."

그때 P 의사가 또 한 차례 손을 들어 보이자 인턴이 다가왔다. 잠시 후, 인턴이 스위치를 누르자 이번에 스크린에 펼쳐지는 그림은 사진이 아닌 화가가 그린 그림이었다.

P 의사가 얼굴에 부드러운 미소를 지어 보이며 말했다.

"어떻습니까? 긴장감이 좀 풀리셨습니까? 이제부터 본격적으로 성 학습을 시작해 보도록 하겠습니다. 필름이 오래돼서 화면이 좀 흐리게 보일 겁니다. 그렇더라도 내용은 알 수 있을 겁니다."

스크린에 나오는 그림 속 장면은 서양인으로 보이는 장애인들이 성행위를 하는 모습이었다. P 의사 말대로 필름이 너무 낡아서 영상물이 흐리게 보였다가 밝게 보였다가 했다. 인턴이 두세 차례 화면 밝기를 조정하고 나서야 그런대로 내용을 알아볼 수 있었다. 화면에는 건강한 여성이 휠체어에 앉아 있는 하반신이 불편한 남성 환자에게 다리를 벌린 자세를 취하게 한 후, 여성 자신이 남성 위에 엎드린 자세를 취하고 성행위를 시도하는 그림이었다.

P 의사가 보충 설명을 했다.

"방금 보신 이 영상물과 같이 뇌병변 환자나 척수장애를 입은 환자라고 할지라도 그 자신의 의지만 있다면 얼마든지 성공적인 그리고 행복한 성생활이 가능할 수 있습니다. 물론 장애 정도에 따라 다를 수는 있습니다만. 여기서 여러분이 꼭 유념하셔야 할 한 가지를 말씀드리겠습니다."

P 의사가 헛기침을 한 차례 하고 나서 다시 말을 했다.

"여러분께서는 삽입행위만이 성생활의 전부가 아니라는 사실을 명심하시기 바랍니다. 사실 체위라는 것은 삽입행위를 전제로 취하는 몸의 자세입니다. 특히 파트너 둘 다 중증 장애를 입은 상태라면 체위 자체를 취하는데 어려움이 따를 수밖에 없습니다. 그러나 삽입만이 전부라는 생각을 버리신다면 성행위 방법은 훨씬 더 다양해지고 만족도도 높아질 것입니다. 이를테면 머릿속에서 자신이 장애를 입지 않았던 지난날 행복했던 순간을 떠올리며 포옹과 애무 등을 통해 서로의 만족감을 느끼는 경우도 생각보다 많습니다. 또 키스를 통해 입술과 혀를 이용한 애무나 오럴섹스도 삽입행위 못지않은 훌륭한 방법이 될 수 있습니다."

잠시 후, P 의사가 턱을 들어 또 한 차례 인턴에게 눈짓을 해 보였다. 그러자 인턴이 이번에는 또 다른 비디오테이프를 틀었다. 그 영상물 역시 사진이 아니고 화가가 그린 그림 같아 보였다. P 의사가 손에 들고 있던 볼펜으로 스크린에 비친 사진을 하나하나 짚어가며 설명하기 시작했다.

"지금 화면에 비치는 이 그림은 19세기 프랑스 화가, 아시유 데베리아의 미술작품인데 보시다시피 이 작품에서 무릎을 꿇은 자세를 취한 남자가 치마를 입고 서 있는 한 여성의 치마를 걷고 그 여성 성기에 구강성교(oral sex)를 하고 있습니다. 우리가 몰라서 그렇지 이미 19세기에도 이런 구강 성행위가 이루어지고 있었던 것입니다. 이는 곧 입으로 상대방의 성기를 애무하는 행위를 말합니다. 그런데 현대에 와서는 구강성교의 발생률은 꾸준히 증가하는 반면에 펠라치오(Fellatio)의 발생률은 급속도로 감소하고 있는 것으로 알려져 있습니다. 인생의 여러 면과 마찬가지로 어떤 면으로는 이런 성행위가 상당히 좋은 점도 있을 수 있고 또 다른 한 면으로는 나쁜 점도 있을 수 있을 것입니다."

P 의사는 철학적인 분위기를 자아내려고 나름 애를 썼지만 더러는 민망할 정도로 킥킥거리는 환자도 있었다. 하지만 P 의사는 아랑곳하지 않고 계속 말을 이어갔다.

"스웨덴의 한 유명한 성 전문가는 다음과 같이 말했습니다. '성에 있어서 가장 중요한 건 바로 생식기가 아닌 뇌입니다.' 즉 뇌에는 성적 욕구를 발생시키는 컨트롤타워 같은 기능을 하는 부분이 존재한다는 것입니다. 뇌 기능은 정상적이기 때문에 성욕과 흥분상태는 척수손상의 영향을 받지 않는다는 것입니다. 그러나 척수손상이 윤활 작용, 발기, 성기 감각 등 신체에 끼치는 영향은 매우 크다고 할 수 있습니다.

이들 척수손상 환자의 경우 성적인 쾌락을 느낄 수 있는 대안으로 키스나 애무와 같은 스킨십에 더욱 신경을 쓰는 동시에 신체의 모든 감각을 사용해 뇌 속에 존재하고 있는 성적 흥분상태를 유발하는 감정(신경세포)을 끄집어내어 사용할 것을 제안합니다. 또 척수 장애인인 게리 카프 강사는, '우리는 척수 장애인은 성관계를 할 수 없다는 잘못된 사회통념에 의한 희생자다.' 라고 말한 바 있습니다. 또 그는 이들에게 '두려워하지 말라. 모든 신경을 동원해서 가능성을 발견하라. 장애인이 성관계를 갖는 것은 레이더를 재조정하는 것과 같다. 자신들에게 적합한 체위를 찾을 수 있도록 끊임없이 실험하고 도전하시기 바란다.' 라고 말했습니다.

여러분은 척수 환자가 얼마 안 되는 줄 아시겠지만 의외로 상당히 많습니다. 우선 우리나라 척수 장애인만 해도 약 6~7만 명에 이르며 이 중 80.4%가 교통사고, 낙상, 스포츠 손상, 외상성 등의 원인에 의해 척수가 손상되는 것으로 나타났습니다. 현재 우리나라에서는 척수손상 후 발생 되는 성과 관련된 문제에 있어서 관심 있는 의료인도 적을 뿐 아니라 효과적인 교육마저 제대로 행해지지 않고 있는 것이 사실입니다. 영국 오클랜드 대학의 한 교수는 자신이 헌신하며 성적 이성 관계를 갖는 남성을 대상으로 한 연구 결과를 다음과 같이 밝힌 바 있습니다. 잠깐 살펴보도록 하겠습니다."

그때 스크린에서는 그래프가 펼쳐졌다.

"이 그래프에서 보다시피 파트너인 여성에게 유독 구강성교를 오랫동안 잘해주는 263명의 남성을 따로 선별해 조사한 결과 더욱 매력적인 파트너를 가진 남성들이 여성에게 구강성교를 해주는 것에 관심이 많은 것이 밝혀졌습니다. 그들이 여성에게 구강성교를 하는 데 시간을 많이 할애한다는 공통점이 발견된 것으로 나타나고 있습니다. 대체로 매력적인 여성은 다른 남성들이 관심을 가질 가능성이 클 뿐만 아니라 작업도 걸어올 가능성이 크다고 느끼기 때문에 남성은 자신의 파트너인 여성을 빼앗기지 않기 위해 자신의 여성에게 헌신할 수밖에 없다는 것입니다. 여성이 남성의 입에 의해 클리토리스 애무를 받게 되면 오르가즘을 느낄 확률이 높아지고 질 수축도 활발해져서 임신 가능성도 높아지는 것으로 알려져 있습니다."

잠시 말을 멈춘 P 의사가 탁자에 놓인 컵을 들고 무슨 음료를 마시고 나서 다시 말을 이어갔다.

"미국의 허핑턴 포스트가 이성애 관계에 있는 성인 남성 약 250명을 대상으로 남성이 여성에게 구강성교를 하는 이유에 관해 설문 조사를 실시한 결과는 참으로 놀랍습니다. 여성 파트너의 관계 만족도를 높여 불륜 행위 위험을 최소화하는 전략의 일환으로써 사용된다는 사실을 밝혀냈다고 보도하기도 했는데 이 연구는 한 유명한 심리학 저널에 의해 발표되기도 했습니다. 인도의 영자 일간지 데칸 크로니클이 보도한 연구 결과에 따르면 남성이 여성에게 구강성교를 해주면 그 여성의 몸에서 사랑의 호르몬으로 불리는 옥시토신과 인체 내 부신에서 생성되는 생식 호르몬의 분비가 촉진된다고 했습니다. 두뇌에서 분비되는 이들 물질은 심장 질환 및 신장암의 발병률을 막아주는 데 도움을 줄 뿐만 아니라 두통까지 치료해줌으로써 숙면을 취할 수 있도록 도와주는 효과까지 있다는 것입니다. 남성에게도 면역력을 향상시키는 효과도 크다고 합니다."

그때 P 의사가 손으로 스크린 속 그림을 가리키다가 그만 탁자에 올려놓은 파란색 서류 파일을 건드리게 되면서 파일이 바닥으로 떨어졌다. P 의사가 파일을 주우려고 허리를 구부리는 순간 이번에는 가운 주머니에 꽂아둔 빨간 볼펜이 바닥으로 떨어지면서 또르르 굴렀다. 그때까지 숨을 죽이고 앉아있던 환자들 입에서 웃음소리가 터져 나왔다. P 의사도 웃고 인턴도 웃었다. 그 바람에 경직돼 있던 분위기가 어느 정도 누그러지는 듯했다.

잠시 후, P 의사가 자세를 바로 하고 나서 또 말을 하기 시작했다.

"여러분은 제가 실수를 할 때만 경직된 마음이 느슨해지는군요. 그렇다면 이제부터 여러분의 표정이 굳어 있을 때마다 제가 실수를 한 차례씩 해보도록 하겠습니다. 하하하."

P 의사가 소리 내 웃기 시작하자 환자들도 따라 웃었다. 그때부터 성 재활 교실 분위기는 완전히 달라졌다. 환자들이 옆에 있는 환자와 얼굴을 마주 보며 무슨 말을 주고받으며 웃기도 했다.

"지금 분위기가 아주 좋습니다. 지금처럼 편하게 강의를 들으시기 바랍니다. 구강성교에서 주의해야 할 점도 있습니다. 입술이나 혀로 음경을 애무하는 구강성교의 일종으로 일명 펠라치오는 삽입 전의 흥분도를 높이기 위한 전희로 행하는 것이 일반적입니다. 이 행위는 질 삽입에 비해 오히려 성병 감염 가능성이 낮다고 합니다. 다만 입에 상처가 있는 경우 드물게 체액으로도 성병에 감염될 가능성도 배제할 수는 없습니다.

또한 구강 내의 병원체가 요도염을 일으킬 수도 있기 때문에 주의가 필요합니다.

싱가포르의 경우 전희 이외의 목적으로 구강성교를 하는 것은 법률로 금지하고 있습니다. 그러나 구강성교 금지법은 싱가포르 내에서도 찬반양론이 팽배해서 법률 철폐가 검토되고 있는 것으로 알려져 있습니다. 현재는 항문 성교나 구강성교에 대해서 16세 이상의 이성끼리 쌍방 합의에 의한 것은 인정하도록 되어 있습니다. 또 미국에서는 생식에 연결되지 않은 성행위를 금기시하는 기독교의 영향으로 구강성교를 금지하고 있는 주가 아직도 존재하고 있는 것으로 알려져 있습니다. 2013년 미국 할리우드 여배우 에반 레이첼 우드는 자신이 출연한 영화 찰리 컨트리맨에서 구강성교가 등장하는 장면을 자른 미국의 영화평가기관을 맹공격했습니다.

이때 삭제된 장면은 여배우 우드가 남자 주인공 샤이야 라보프로부터 구강성교를 받는 장면이었습니다. 우드는 장면 삭제에 대한 분노를 표명하면서 미국 영화 협회의 '여성의 성적 검열'에 대한 실망감을 알리기 위해 자신의 트위터에 많은 메시지를 쓰기도 했습니다. 이 메시지에서 남자가 여자에게 오럴섹스를 하는 장면이 보는 사람을 불편하게 할 수 있다는 이유로 삭제되었고 '머리가 날리면서 사람들이 살해되는 장면은 그대로 변경되지 않았다.'라고 비판의 메시지를 적었습니다.

이와 같이 성은 인간의 본능인 동시에 삶의 질과 밀접한 연관이 있는 사실을 누구도 부인하지 못할 것입니다. 후천성 장애의 경우(척수손상, 뇌손상) 발기부전, 사정장애, 감각 장애

등은 성 학습 없이 정상적인 성생활에 어려움이 따를 수밖에 없습니다. 그로 인해 건강한 가정 유지 및 형성에 어려움이 있을 수밖에 없습니다. 또한 선천적인 장애(자폐, 지적장애)의 경우 다양한 성 문제, 성행동 표출, 성폭력에의 노출 등으로 교육과 예방 프로그램이 반드시 필요합니다."

PM 4: 15

P 의사가 한 차례 화장실에 다녀와서 벽시계를 쳐다봤다.

"아 벌써 시간이 이렇게 됐네요. 자, 지금부터는 여러분이 궁금하신 내용이 있으시면 간단한 질문을 받도록 하겠습니다."

그러나 환자들이 앉아 있는 자리는 마치 찬물을 끼얹은 듯 조용했다. 그때 인턴이 P 의사에게 다가오며 말했다.

"제가 미리 궁금한 부분을 적도록 했으니 질문지를 받아오겠습니다."

인턴이 사람들한테서 질문지를 거두고 있을 때 P 의사가 말했다.

"여러분의 궁금증이 무엇인지 기대가 됩니다. 허허허."

인턴이 가져온 질문지를 펼쳐 든 P 의사의 표정이 밝아졌다. 질문지 순서대로 답을 해드리도록 하겠습니다.

Q 성 재활 학습은 일반 진료와 무슨 차이가 있나요?

"남성은 발기부전 문제만 있으면 비뇨기과, 또 여성 질환 문제만 있다면 산부인과를 가야 하겠지만 장애를 입고 난 이후에 발생한 마음의 변화도 매우 중요합니다. 다시 말해 인식 변화가 우선이기 때문에 성 학습은 의학적 접근보다 교육이나 상담을 통해 치료를 진행하게 됩니다."

Q 성 학습 기간은 어느 정도 해야 성생활이 가능한가요?

"성 학습은 장기간 하지 않습니다. 우리 성 재활 교실 기준으로 하면 일대일 상담을 한 후 발기부전이나 심리적인 문제가 있으면 약을 처방하기도 합니다. 앞으로는 성 재활 캠프라는 것도 열어볼 계획입니다. 부부나 연인 사이의 친밀감을 증진 시키고 해결책을 제시해 실생활에서 겪게 되는 성 문제를 해결할 수 있게 하는 것이 목적입니다. 문제가 확인되면 해결책을 제시하고 이를 다시 재학습할 수 있도록 도우려고 합니다."

Q 성생활에 고민이 있는 노인이 알아야 할 문제는 어떤 것이 있을까요?

"노년기에도 성생활을 활발히 하는 사람이 생각보다 많고 성적 만족도도 높은 것으로 알려져 있습니다. 그러니 발기부전 등의 문제가 있으면 주저하지 말고 성 재활 학습실을 찾으시길 권해 드립니다. 약으로도 성 문제를 해결할 수 있습니다.

그러나 무엇보다 중요한 문제는 부부 사이의 친밀감을 유지하는 것임을 잊지 마시길 바랍니다. 친밀감을 유지하게 되면 노년기에도 행복한 성생활이 가능하게 될 것입니다.

남성 노인의 경우 남성 호르몬인 테스토스테론 저하로 인해 생기는 문제를 겪게 되기도 합니다. 나이가 들수록 테스토스테론이 저하되고 식욕 또한 감소하게 됨으로써 발기도 원활하게 이루어지지 않게 됩니다. 특히 발기부전은 남성 노인들이 성생활에 있어 가장 어려움을 호소하는 부분입니다.

발기부전 치료는 효과가 좋은 먹는 약이 개발되면서 혁명이 일어났다고 할 수 있습니다. 먹는 발기부전 약으로 쉽게 해결할 수 있는 문제입니다. 최근에는 저용량으로 만들어 매일 아침 비타민처럼 복용하면 젊었을 때처럼 발기력을 유지할 수 있게 해주는 약도 있습니다. 더 편하게 복용할 수 있게 물 없이 먹을 수 있는 필름 형태의 약도 나와 있습니다. 개인에 따라 약 효과가 떨어질 경우엔 주사를 사용할 수도 있습니다. 단 고혈압, 협심증 약을 복용하는 경우가 아니면 큰 문제는 없습니다.

여성 노인들은 여성 호르몬인 에스트로겐 분비가 감소한 관계로 질 윤활액 분비가 잘 안 됩니다. 이런 상황에서 삽입 성교를 하면 통증이 생기게 됨으로써 자연 성생활을 기피 하게 됩니다. 하지만 노년기 성생활의 가장 어려운 문제는 문제가 있어도 병원을 찾지 않는다는 데 있습니다. 병원을 찾으면 쉽게 문제를 해결할 수 있습니다. 그런데 주위에서 나이 든 사람이 왜 성을 밝히느냐, 점잖게 나이 들어야 한다는 인식 때문에 성 문제를 드러내길 조심스러워합니다. 병원에 와서도 발기부전 등 성에 관한 문제를 얘기하는 것 자체를 힘들어하는 경우도 허다합니다. 그러나 그럴 필요가 없습니다. 용기 있게 자신의 느낌을 있는 그대로 표현하시기 바랍니다."

PM 4: 28 에필로그

"자, 이제 끝낼 시간이 됐습니다. 마지막으로 가장 중요한 팁 한 가지만 더 말씀드리고 마치도록 하겠습니다. 부부가 동시에 오르가즘을 느끼길 원한다면 10분 차이에서 오는 비극을 극복해야 합니다. 이 10분을 어떻게 활용하느냐에 따라서 결과는 행복과 비극으로 나누어집니다. 남성 대부분은 3분이면 오르가즘에 도달할 수 있는 것으로 알려져 있습니다. 그에 반해 여성은 4~5배 정도인 14~15분이 걸리는 것으로 나타나고 있습니다. 특히 우리나라 남성 대부분은 삽입 후, 오르가즘에 도달하기까지 걸리는 평균 시간이 짧게는 3~5분입니다. 이 10분 차이에 희비극이 갈릴 수도 있습니다. 이 10분의 비극을 해결하려면 애무는 길게 하고 삽입은 늦게 해야 합니다. 10분쯤이 지났을 때 삽입해야 한다는 사실을 명심하시기 바랍니다. 이상으로 오늘 성 학습을 마치기로 하겠습니다. 그럼 여러분은 집으로 돌아가신 후, 오늘 학습한 내용을 실천하셔서 그동안 잃어버렸던 행복을 되찾으시길 빌겠습니다. 불편한 몸으로 장시간 경청하시느라 고생하셨습니다. 안녕히 돌아가십시오."

그때 환자들이 파일을 들고 돌아서는 P 의사에게 일제히 박수를 쳤다.

그날 집으로 돌아온 김성수는 벽시계를 힐끗 바라봤다. 이제 한 시간 후면 아내가 돌아올 시간이 되었기 때문이었다. 아내를 떠올린 순간 갑자기 손에 식은땀이 나면서 긴장감이 몰려왔다. 불현듯 머릿속에서 그동안 몇 차례 아내와 성행위를 시도해 보았으나 번번이 실패하고 말았던 기억이 떠올랐기 때문이었다. 하지만 오늘은 약이 아닌 주사를 사용할 수 있게 되었기 때문에 당연히 성공할 것이란 자신감이 드는 것도 사실이었다.

갑자기 피로가 몰려온 탓에 일단 그는 침대로 가서 드러누웠다. 오늘 K 재활병원에서 성 재활 학습을 받았던 기억을 떠올리다가 자신도 모르게 잠이 들고 말았다.

눈을 떴을 때 아내가 돌아왔다. 유치원에서 피아노를 가르치는 아내는 남편이 경제활동을 하지 못하게 되자 퇴근 이후에도 피아노 개인 교습까지 하고 있었다. 아내가 욕실로 들어간 사이 그는 낮에 성 학습실에서 P 의사와 주고받았던 말을 떠올렸다.

"선생님 제가 이 몸 상태로 주사를 맞아도 될까요?"

"아, 네. 괜찮습니다. 김성수 환자분은 척추만 골절을 입은 상태일 뿐 당뇨약이나 고혈압 약 같은 건 일절 복용하지 않기 때문에 가능합니다."

그렇게 말하고 나서 P 의사는 인턴을 불러 그가 스스로 주사를 맞을 수 있게 알려주라고 말했다. 인턴 말에 의하면 만년필 형태의 주사기는 식품의약품안전처에서 정식 허가받은 의료기기로써 안정성이 확보된 제품이라고 했다. 게다가 기존 인슐린 주사기에서 나타나는 혈종이나 멍이 드는 합병증도 최소화된 장점도 있다고 부연 설명까지 해주었다. 또 주사 후, 5분에서 15분이 지나면 발기 상태가 한 시간에서 최대 두 시간까지 지속된다고 했다.

그는 아내가 욕실에서 나오기 전에 먼저 인턴이 일러준 대로 자신의 팔에 주삿바늘을 꽂았다. 다행히 주삿바늘이 매우 가늘어 주삿바늘이 피부 속을 뚫는데도 통증은 거의 없었다. 그는 주사를 맞으면 마음이 평온해지면서 행복한 기분이 될 거라고 믿었다. 그런데 마음도 평온해지지 않고 기분도 좋아지지 않았다. 주사를 맞기 전보다 오히려 신경이 더 날카로워지고 마음도 더 불안한 듯했다. 최악인 것은 완전히 무방비 상태인 느낌이 든다는 점이었다. 그는 지금까지 살아오는 동안 이토록 당황스럽고 자존감을 상실해 본 적이 없었던 것 같다는 느낌을 지울 수 없었다.

마침내 아내가 비누 냄새를 풍기며 침대로 올라왔다. 어찌된 일인지 그는 전신에 힘이 쭉 빠져 있어서 아무 말도 하고 싶지 않았다. 순간 그의 머릿속에서 떠오른 생각은 '에라 모르겠다. 자는 척해야겠다.'였다. 자는 척하는 그의 얼굴을 바라보며 아내가 나긋나긋한 말씨로 말을 했다.

"당신은 정말 멋진 남자였어요. 아, 미안해요. 지금 제가 한 말을 정정할게요."

그가 어리둥절한 표정으로 혼잣말처럼 했다.

"뭘 정정하겠다는 거지?"

"방금 제가 한 말이 과거형이잖아요. 당신은 지금도 충분히 멋진 남자랍니다. 호호호."

그는 눈을 감은 채로 아무 반응도 보이지 않았다. 그는 속으로 생각했다. '그렇지. 아내는 늘 이런 사람이었어. 아홉 살 연하이면서도 늘 나보다 어른스러운 데가 있었어.'

한번은 그 자신이 틀림없이 부장으로 승진할 줄 믿었다가 탈락했을 때 그가 술에 취해 이런 말을 한 적이 있었다.

"여보, 미안해. 나는 능력도 없고…."

그때 그의 아내의 반응은 너무도 놀라웠다.

"왜 당신이 능력이 없어요. 내가 당신을 좋아하는 이유는 차고 넘쳐요. 지식과 경험이 풍부해서 내가 한 실수도 여유 있게 처리해주시곤 하잖아요. 아마 당신의 그런 성품은 회사에서도 다르지 않을 거예요. 이번에 못하면 다음 기회에 하면 되잖아요. 또 굳이 승진 같은 거 안 하면 어때요."

아내로부터 그 말을 듣는 순간 그는 속으로 감탄했다.

"당신은 언제까지나 젊고 멋진 여자로 내 곁에 있어 주길 바라도 될까? 건강에 문제가 생겼어도 지금까지 단 한 번도 내 자존심을 상하게 하는 말을 한 적이 없었으니. 당신은 천사야. 나는 참 복이 많은 남자인 것 같아."

"제가 더 고마워요. 어떤 어려움이 있어도 용기 잃지 않고 최선을 다하는 당신은 너무 멋진 남자에요."

"당신은 천사 같은 여자가 아니라 천사 그 자체야. 다른 여자들 같았으면 벌써 불완전 마비 상태의 나를 헌신짝처럼 내버렸을지도 몰라. 정말 고마워요."

"고맙긴 제가 더 고맙죠. 이 정도로 다친 것만도 감사한 일이에요. 당신은 거동만 조금 불편할 뿐이지 스스로 밥도 먹을 수 있고 나하고 이렇게 대화도 나눌 수 있으니 얼마나 감사한 일이에요."

"당신은 항상 내 얘기에 귀를 기울여 들어주었고 또 모르는 것에 대해서도 솔직히 물어오는 태도 역시 훌륭해. 당신보다 내가 아홉 살이나 많지만 때론 당신한테 응석을 부리고 싶을 때가 있다니까. 아마도 내가 하는 말은 무엇이든 다 들어줄 것 같은 믿음이 있어서 그런가 봐. 하하하."

그는 말을 하고 나서 아내의 뺨에 가볍게 키스했다. 그러고는 아내의 귀에 대고 낮게 말했다.

"여보, 내가 얼마나 당신을 사랑하는지 알지? 오늘 밤 오랜만에 당신을 한번 안아보고 싶은데 괜찮겠어?"

별안간 아내의 머릿속이 복잡해졌다. 방금 남편이 한 말에 어떤 형태로든 대답을 해줘야 한다는 강박감이 밀고 왔다. 하지만 지금 아내는 자신의 심리상태가 상반되는 두 가지 감정이 이는 바람에 딱히 뭐라고 대답할 수가 없었다. 오늘 K 재활병원에서 실시한 성 재활 학습을 통해 남편이 기대한 만큼 옛날처럼 만족한 성 기능이 회복 될 것인지 아니면 크게 실망하게 될는지 알 수 없었기 때문이었다. 그에 더해 자신이 마치 남편이 성 재활 교실에서 학습한 실험 대상처럼 여겨지기도 해 솔직히 자존심이 상했던 것도 사실이었다. 아내가 머릿속의 생각을 정리하지 못하고 있는 사이 놀라운 일이 발생했다.

그의 페니스가 발기된 것이었다. 그것도 아주 놀라울 정도로. 정확히 이 년 팔 개월 만에 일어난 기적이었다. 서로에게 신뢰를 보이며 긍정적인 말로 상대방을 대하는 태도가 어떤 약보다도 효과를 발휘했던 것이었다. 참으로 놀라운 일이 아닐 수 없었다.

그가 한 손으로 아내의 유두를 가볍게 만지다가 삽입을 시도하려 한 순간 불현듯 그의 머릿속에서 낮에 성 재활 교실에서 P 의사가 10분 차이에 희비극이 엇갈릴 수 있다고 하던 말이 떠올랐다. 그때부터 그는 자신의 입술과 혀를 번갈아 가며 정성껏 아내의 몸을 핥기 시작했다. 입술부터 시작해서 목과 유두를 지나 배꼽으로 내려가다가 아내의 허벅지 사이에 풍성한 거웃을 헤집고 들어갔다.

어느 순간 아내가 그의 귀에다 대고 속삭였다.

"여보! 나 지금 느낌이 이상해요. 이전에는 느껴보지 못했던…. 마치 따스하고 부드러운 물 위에 둥둥 떠 있는 듯한. 통증도 불편함도 전혀 느껴지지 않아요. 허벅지 안쪽에 뜨거운 기운까지 느껴져요. 당신이 아픈 이후 이런 느낌은 처음인 것 같아요. 아니 확실히 첨이에요. 너무 황홀해요."

아내 몸 안에서 일어난 뜨거운 열기로 그녀 자신을 공중으로 띄운 듯한 기분을 내게 한 것처럼 그의 몸과 가슴 안에서도 형용할 수 없는 에너지가 솟구쳤다. 그것은 단전 아래 깊은 곳에서 시작된 휘몰아치는 강렬한 힘이었다. 그 힘은 이년 반 동안 겨울 땅처럼 꽁꽁 얼어있던 남자의 가슴까지 녹여주었다.

방안은 두 사람의 몸에서 뿜어져 나온 열기로 채워졌다. 둘은 누가 먼저랄 것도 없이 서로를 끌어안았다. 어느새 남자의 감은 눈에서 흘러내린 눈물 한 방울이 볼을 타고 미끄러졌다. 뜨거운 열기에 온몸을 맡긴 둘은 그렇게 밤의 열기 속으로 무자맥질 하듯 깊이깊이 침잠해 갔다.

애플망고

—

1판 1쇄 2025년 1월 17일 발행

지은이 최정원
편집 김영석, 김동현
기획 도서출판카논
디자인 김동현
펴낸곳 도서출판카논
ISBN 979-11-93353-14-1 03810
가격 13,500원

비즈니스 및 작가 문의. canonpublisher@gmail.com